SCOTTEN
Bara indicier

En deckare av Mats Gustafsson

AF208759

© 2020 Mats Gustafsson
Förlag: BoD – Books on Demand, Stockholm, Sverige
Tryck: BoD – Books on Demand, Norderstedt, Tyskland
ISBN: 978-91-7851-781-7

Innehållsförteckning

Kapitel 1...Sid. 2

Kapitel 2...Sid. 12

Kapitel 3...Sid. 22

Kapitel 4...Sid. 31

Kapitel 5...Sid. 42

Kapitel 6...Sid. 52

Kapitel 7...Sid. 63

Kapitel 8...Sid. 72

Kapitel 9...Sid. 82

Kapitel 10...Sid. 91

Kapitel 11...Sid. 102

Kapitel 12...Sid. 112

Kapitel 13...Sid. 122

Kapitel 14...Sid. 131

Kapitel 15...Sid. 142

Kapitel 16...Sid. 152

Kapitel 17...Sid. 163

Kapitel 18...Sid. 172

Kapitel 19...Sid. 182

Kapitel 20...Sid. 192

Kapitel 21...Sid. 200

Kapitel 22...Sid. 210

Efterord...Sid. 222

Förord

Tack till er som har gjort den här boken möjlig. Lektörer Susanne Gustafsson och Ingrid Gustavsson som bidragit med goda råd och coaching. Konsult och producent Ellinor Ek har gjort allt färdigt för tryck på förlag vilket erfordrats för att boken över huvud taget skulle bli av.

Deckaren du håller i din hand är skriven av Mats Gustafsson. Namn och karaktärer som finns med i boken är produkter av min fantasi och används i ett påhittat sammanhang. Varje eventuell likhet med verkliga personer, levande eller döda, är en ren tillfällighet.

Boken "SCOTTEN BARA INDICIER" är andra boken i andra trilogin om Oskar "Scotten" Scott. Den första boken hette "SCOTTEN NOVEMBERLUFT".
Trilogin bygger vidare på de två tidigare som bestod av dessa titlar utgivna i följande ordning:
"SCOTT 20SEXTON", "SCOTT PÅ HOTEL BOHEMIA" och "SCOTT EFTERDYNINGEN". Därefter kom "SCOTTEN AKTERSEGLAD", SCOTTEN DEN VITA LÖGNEN" och "SCOTTEN GENTJÄNSTEN.
Tidigare har jag som författare även skrivit boken "GLAPP I RATTHÅLLAREN!"

Jag hoppas du finner god behållning av mina böcker!

1

Kapitel 1

Scotten kände sig aningen förvånad över att han vant sig så snabbt. Det hade bara gått ett par veckor, men redan var det som om att han varit hundägare under en mycket längre tid, för allt gick med automatik. Redan innan väckarklockan och larmet på telefonen startat på morgonen vid halvsex, så vaknade han av att Henrik slutade snarka och förmodligen anade blodhunden att det var dags att besöka parken och se till att den inte torkade ut. Hur han själv kunde vakna av att ett ljud plötsligt försvann kan tyckas som en gåta, men snabbt kom han på en förklaring. När han bodde hemma hos sina föräldrar, Henrik och Maria, hade han genast vaknat när det blivit strömavbrott av någon anledning. Det var då inte att klockradion slutade fungera, utan just av att det blivit väldigt tyst för att luftvärmepumpen stannat. Scotten resonerade, att när det han var van vid försvann, så reagerade han direkt. I det här fallet var det alltså som så, att när Henrik slutade snarka, var det dags att stiga upp. Hundens nya kompis, katten Knasen hade dock tydligen inte de här behoven, utan sov obekymrat vidare, åtminstone tills Lisa vaknade ett par timmar senare.

En kisande blick vad klockan stod på, besannade genast Scottens funderingar. Det var dags att stänga av larmen för en ny dag. Det han såg först när han lämnade sängen, var Henriks bedjande blick som sade att det var hög tid att gå ut. Tidigare hade Scotten fått släpa sig till badrummet efter att ha snoozat ett tag, men nu var det något helt annat. Om det berodde på att han inte ville att Henrik skulle producera en hög inne i deras lägenhet visste han inte riktigt, men det kunde vara en rimlig förklaring. När Scotten öppnade portdörren ut mot gatan, trängde sig Henrik som vanligt fram för att komma ut först. Den här gången var det dock lite som att hunden stannade upp när den bistra kylan slog emot dem. Visst hade det varit gråkallt de senaste veckorna, men den här morgonen var förmodligen den första med ett rejält knippe minusgrader. På väg till den närbelägna parken såg Scotten deras hyggligt nyanskaffade bil. Rutorna på den var helt täckta av ett hårt lager is, så han slog genast bort tanken att försöka ta bilen till jobbet. Visserligen var det inte helt riskfritt att cykla för att det kanske fanns isfläckar lite varstans, men det var inget som oroade honom speciellt mycket.

På cirka trettio meters avstånd nickade han till ett par andra hundägare som också brukade besöka parken. Henrik hade redan första gången han rastades här, visat intresse för den enes hund som var någon blandras, men det hade synts på matte att något intimt mellan hennes jycke och Henrik inte var aktuellt.

Trots att Scotten var mer än en och nittio lång och skapligt vältränad, kunde blodhunden dra så pass att hans slitna skor gled i gruset. Kunde väl ha sin förklaring i att Henrik var utrustad med drivning på alla fyra, tänkte Scotten medan han drog upp tempot åt ett annat håll. Detta dels för att slippa frysa, men även av den anledningen att det verkade lugnast om inte Henrik kom för nära den andra hunden.

När de kom innanför lägenhetsdörren en kvart senare, hörde han att Lisa redan lämnat sängen och befann sig i duschen. Varför hon redan stigit upp visste han inte, men han anade att hon säkert ville äta frukost tillsammans med honom när hon var färdig.

Sedan hunden kommit in i deras liv, hade rutinerna ändrats lite för att allt skulle flyta på så smidigt som möjligt, särskilt under morgnarna. För att slippa gå upp alltför tidigt och sköta alla morgonbestyr och dessutom nu då också gå ut med Henrik, hade de kommit på en sak som finslipade vanorna en del. De hade gjort det till en rutin att redan kvällen innan bre på smörgåsar med Lätta och pålägg, duka djupa tallrikar samt ladda kaffebryggaren, så att det i princip var färdigt att sätta sig så fort gröten var klar.

-God morgon älskling! Jag känner att jag håller på att bli förkyld, så därför gick jag upp tidigare för att ta en varm dusch, förklarade Lisa när hon kom ut från det duktigt ångfyllda badrummet.

-Morrn sötnos! Tråkigt att du inte mår riktigt bra, tror du att du har feber också? undrade Scotten medan han stängde av spisen.

-Möjligt att det är lite stegring, men det är absolut inget jag tänker stanna hemma för. Får jag bara ta ett par värktabletter och dricka en mugg varmt kaffe så kan jag nog uthärda den här dagen med, svarade hon och log.

-Det gör du säkert, men på samma gång är det väl kanske läge att inte trycka i sig för mycket tabletter nu när du är gravid, sade Scotten och tog fram mjölken och smörgåsarna från kylen.

-Det är lugnt, jag har pratat med barnmorskan och hon

sade att det var helt okej om jag kurerade mig som vanligt, förklarade Lisa samtidigt som hon började borsta sitt hår.

-Skönt att höra att du redan kollat det. Jag tog för givet att du skulle äta samtidigt med mig, eller tänker du gå och lägga dig en stund igen? frågade han.

-Nej för tusan, inte vill jag riskera att jag somnar om, så jag kommer och äter med dig nu! svarade hon.

-Härligt! Du kan nog vara lite försiktig när du går till jobbet idag, för det är en del isfläckar på trottoaren såg jag när vi var ute, förklarade Scotten.

-Du får passa dig själv också om du ska cykla till ditt arbete, eller tänker du ta bilen? frågade Lisa.

-Jag såg bilen förut och den är precis täckt av is, så den blir det inte idag. Det är förstås inte idealiskt att åka tvåhjuligt när det är så här, men nu är klockan så pass mycket att jag inte hinner gå. Jag får väl trampa på fort som fasen, så att jag snabbt kommer över de farliga partierna! svarade Scotten och garvade.

-Du är ju heltokig! På min lunchrast idag ska jag köpa en cykelhjälm och den ska du ha på dig! sade Lisa med bestämd röst.

-Ja tack, det vore snällt. Köp bara en som är tillräckligt stor så jag kan ha en mössa under den, svarade han med ett ansträngt leende. Innerst inne var han lite orolig att jobbarkompisarna skulle ha roligt åt honom för att han trampade omkring med ett äggskal på huvudet, men det var inget han tänkte berätta för sin flickvän.

- - - - -

Jesper satte bestämt ner sin urdruckna kaffemugg så hårt att Leila och Linn genast slutade prata med varandra. Det var som om en barsk ordförande på ett viktigt möte slagit klubban i bordet för att därpå förklara vad som gällde, tänkte Leila medan hon försiktigt vred sin stol åt chefens håll.

-Jag tänkte summera våra pågående utredningar och delge vilka vi ska fokusera mest på, sade Jesper.

Vi har till att börja med kört fast med inbrottet i industrifastigheten. Hade det bara varit ett simpelt inbrott där man tagit sig in genom att bryta upp en dörr, kunde vi nog förklarat det som ouppklarat och lagt det till handlingarna. Det som ytterligare hade stärkt den slutsatsen är att tjuvarna förmodligen inte fått med sig något av värde. Vi får dock inte förglömma att det har använts sprängmedel i byggnaden och att det så sent som igår inkom uppgifter, om att en röd kombi setts lämna området i hög fart vid den aktuella tidpunkten.

-Oavsett om vi vet bilmärke eller ej, så borde det väl inom de närmaste två milen inte vara alltför vanligt med en röd kombi. Ska jag göra en sökning sedan? undrade Linn.

-Jag kommer till det, svarade deras chef och blev därefter tyst några sekunder, för att markera att det inte var läge att avbryta honom. Kompletterande frågor fick de som vid tidigare genomgångar ställa när han var färdig.

Just att det använts sprängmedel är väldigt oroväckande. Vi har ju tydligt sett en klar uppgång av sådana illdåd i de flesta distrikten runt om i landet. I vårt närområde har vi hittills varit hyggligt förskonade, men nu är det nog slut på friden. Jag har satt kriminaltekniker Lisbeth på att verkligen gå till botten med vilket sprängmedel det var som användes. Möjligt att vi kan få fram något samband när vi jämför det nationellt.

Sedan har vi alldeles nyss fått bekräftat att din före detta sambo Albert Jacobsson, med stor sannolikhet fortfarande vistas inom landets gränser. Vid en husrannsakan där de framställde metamfetamin bland annat, hittades fingeravtryck från honom, fortsatte Jesper och tittade på Linn.

-Jag hade verkligen hoppats att han inte var i livet längre. Så mycket kan jag säga, att det finns inte utrymme för honom och mig på jordens yta, utan någon av oss måste försvinna, sade Linn bestämt.

-Efter det vi fått veta om hur han har behandlat dig, så förstår jag ditt resonemang, men du får inte glömma att du är polis och har regler att följa, svarade Jesper med eftertryck. Eftersom du är fast besluten att fortsätta arbeta här i Nyköping, så behöver vi utöka skyddet för dig. När vi är färdiga här, föreslår jag att vi ser till att det blir besöksförbud för Albert hos dig samt att du får byta bostad, fortsatte han.

-Jag känner Albert väl och han kommer söka upp mig lätt även om vi vidtar de där åtgärderna. Visst kan vi göra som du sade, men jag kommer ändå gå med skarpladdat vapen och skyddsväst tills hotet inte finns längre, svarade Linn med glansiga ögon. Även om hon ville verka självsäker, syntes det att hon var livrädd.

-Tydligt är i vart fall att vi rört om rejält i grytan, för vid bilvårdsfirman har det inte varit någon aktivitet på länge. Åtminstone figurerade en person till där tillsammans med Albert Jacobsson, plus då mannen som stacks till döds med en stilett. Fingeravtryck från firman har inte visat sig matcha någon vi känner till här, men de måste kontrolleras med övriga Europa till att börja med. En känsla jag har, är att det är en typ som utmärkt sig med sådana här affärer tidigare. Det sista och sorgligaste är hur vi ska kunna binda någon gärningsman till de tre döda ungdomarna. Även här har den där Albert kanske spelat en nyckelroll, men det kan lika gärna vara någon annan anställd på skolan. Vi får verkligen hoppas att han grips, antingen av våra kollegor i Stockholm eller av oss innan han gör mer skada, fortsatte Jesper medan han reste på sig för att hämta en mugg kaffe till.

Leila nickade instämmande till det han sagt, men sade inget. Hur mycket hon än försökte att koncentrera sig på jobbet, så hade hon grymt svårt för att inte låta tankarna skena iväg på annat. Visst var det oerhört viktiga och betydelsefulla punkter som hennes chef tagit upp, det rådde det ingen som helst tvekan om. Kunde inte de som poliser lyckas få ordning på allt, skulle det vara i det närmaste en kapitulation för rättssamhället. Trots detta kom hela tiden tankarna upp på hur härligt det varit tillsammans med Petter under helgen som gått. Det ogästvänliga vädret hade gjort att de knappt kommit utanför dörren, utan istället tillbringat den mesta tiden åt att chilla och äta en massa onyttigt, men på samma gång gott. När Leila tvingade sig själv att inte tänka på det längre, dök något minst lika opassande upp i hennes hjärna. Nu var det den stundande resan till Teneriffa om cirka fyra veckor som avhandlades innanför skalpen. Att de då även tänkte gifta sig, drog henne ännu djupare in i alla detaljer som bara måste vara klara tills dess. Papper och tillstånd behövde fixas och även om hon kollat upp att det gick att hyra brudklänning och frack på plats, så fanns oron kvar. Möjligheten fanns ju att allt i deras storlek redan var uthyrt eller kanske ännu värre, att butiken de anlitat hastigt och lustigt passat på att stänga vid helgdagarna. Av oron märkte Leila att hennes mage började komma i olag, så hon försökte styra över tankarna på det som redan var ordnat istället. Det som var klart var bland annat resan och ringarna samt var de skulle bo någonstans. Hon gladdes åt att snart få komma bort från allt, om än bara för en vecka. Tills dess gällde det att härda ut och se till så att allting flöt på. När hon slutade jobba om några timmar visste hon att det var läge för att veckohandla, tack vare att de inte fixat det under hela helgen. På grund av det fanns det heller inga matlådor färdiga, vilket i sin tur skulle medföra att hon blev fullt sysselsatt med det hela kvällen. På något sätt visste Leila ändå att det skulle gå bra att lösa det, bara hon kom igång, tänkte hon medan Jesper kom tillbaka med sin mugg med rykande hett kaffe.

-Jag såg i tidningen nu att begravningen av de tre killarna äger rum sent i eftermiddag. Alla på skolan ska deltaga, är det läge för att någon av oss går med? frågade Linn.

-Spontant så tror jag att vi avstår från det, för jag anar att det kan riva upp känslorna hos en del. Det finns säkert de som tycker att vi jobbar för långsamt, bara för att vi inte lyckats ta den som försett dem med den dödliga drogen. Genom detta är det faktiskt fullt möjligt att historien upprepas igen, utan att vi gjort några framsteg, eller vad säger du Leila? undrade Jesper.

-Ibland är det svårt att veta i förväg om man handlar rätt,

9

men i det här fallet går jag nog på din linje. Ingen kan väl direkt beskylla oss för att vi inte ingripit tidigare, för vi har ju saknat vetskap om att det har förekommit droger på skolan, åtminstone i den här omfattningen. En idè som jag fick precis nu, kanske kunde vara att vi ber tidningen publicera en artikel där det framkommer att vi är många som arbetar stenhårt för att gå till botten med var knarket kom ifrån, samt att vi är fast beslutna att sätta stopp för eländet, svarade Leila.

-Det låter klokt, jag ser till att få det ordnat när vi är klara här. Jag träffade högste chefen vid kaffeautomaten och passade då på att förklara att du behövde en annan lägenhet att bo i, Linn. Det fanns tydligen en trea som var ledig omgående som du kan ta. Visar det sig att den kostar mer än den du betalar för nu, så står polismyndigheten för mellanskillnaden, förklarade Jesper.

-Jaha, men är det ingen som tänkt på att Albert kan förfölja mig till eller från mitt arbete? Förmodligen kommer han säkert ihåg mina arbetstider sedan vi bodde tillsammans, svarade Linn undrande.

-Hehe, du kan vara lugn, för ledningen har tänkt på det. Faktum är att du får bo i den här byggnaden på översta våningen. Ingång sker från baksidan där vi för övrigt har en del av våra fordon. Dessutom är det porttelefon med kamera där du hamnar, så jag tror inte att det kan bli bättre, svarade Jesper och skrattade.

-Tack så mycket, då känner jag mig genast tryggare. Jag vet att polishuset är inrymt på tre plan, men jag har alltid undrat om det är vanliga lägenheter högst upp, fortsatte Linn.

-Det är inte många som vet det, men i förtroende kan jag berätta att det finns tre lägenheter däruppe som alla faktiskt står till myndighetens förfogande. Oftast används de vid speciella tillfällen, då exempelvis vi behöver ta hit någon som är utbildad för något vi saknar kompetens för inom distriktet. Skulle det exempelvis ske något terrordåd i stan, kan vi direkt härbärgera experter med en gång. Att du har tillgång till fullgott skydd där nu är självklart, förklarade deras chef.

-Förlåt om jag avbryter, men nu har faktiskt lunchrasten börjat för två minuter sedan. Är det någon som ska med och ta en god lunchbuffè i närheten? frågade Leila medan hon knöt sin halsduk och reste sig.

- - - - -

Kapitel 2

Lustigt nog tyckte Scotten att söndagseftermiddagarna var den värsta tiden på hela veckan. Visst, för det mesta var hela dagen fri från arbete eller något annat inbokat, till skillnad från övriga dagar. Grejen var nog snarare den, att han visste att det var fem fulla arbetsdagar fram till nästa ledighet och just på dagen före dessa, gällde det att ladda för att mentalt klara av dem. Dessutom krävdes det att allt var färdigt vad det beträffade matlådor och rena kläder. Hur som helst hade nu plötsligt halva måndagen gått och lunchen var redan intagen. Orderingången hade under de senaste veckorna sviktat från att tidigare ha varit precis tvärtom, vilket omedelbart gett bossen ett par extra rynkor i pannan. Så sent som för någon månad sedan var det precis tvärtom och då hade de behövt nyanställa en kille, så Scotten förstod att det minsann inte kunde vara lätt att vara företagsledare alla gånger. Visst kunde det säkert ha sina ljusa stunder med, men för honom var det inte något som lockade. Om det istället skulle bli permiteringar framöver hade inte nämnts, men Scotten kände sig inte helt säker på grund av att han inte varit på företaget speciellt länge.

En blick ut genom fönstret i lunchrummet antydde att det förmodligen var minusgrader ute fortfarande, för det liksom gnistrade i asfalten på parkeringen utanför. Visserligen sken solen, men på grund av en frisk nordlig vind lockade det definitivt inte att gå ut, inte ens för några minuter.

Innan han reste sig, kom han på att det inte gått att låsa cykeln på morgonen när han kommit till jobbet, för att det hade frusit. Oron stillades dock något när han såg att den stod kvar i cykelstället. I dagens samhälle var det inget att ta för givet, för det verkade tydligt som om en del inte kunde skilja på vilket som var deras eller någon annans. På den punkten hade han väl inte i alla tider levt föredömligt själv, det visste han alltför väl.

Lättad av att hans cykel inte var stulen, reste han sig för att gå till sitt skåp och lägga tillbaka den tomma matlådan. Lagom till lunch hade han blivit färdig med en arbetsuppgift vid svarven, så han gick till chefen för att höra efter vad som stod på tur härnäst.

-Du kan svetsa ihop dessa enligt ritningen. Det skall vara fjorton stycken och kunden vill ha dem snarast. Hinner du få dem färdiga tills imorgon eftermiddag är det bra, förklarade bossen.

-Visst, försöker ordna det, svarade Scotten och studerade skissen. Det var ett förhållandevis avancerat arbete som krävde millimeterprecision, men det tyckte Scotten bara var stimulerande. Hälften var klara tills klockan ljöd vid sexton, så om inget strulade borde allt vara färdigt enligt kundens önskemål.

Lyckligtvis stod cykeln kvar när han skulle trampa hemåt, och han lovade sig själv att stanna på vägen hem vid en mack, för att köpa låsspray. Han skulle även passa på att trycka i lite i bilens lås, så att det inte blev något krångel med dem framöver.

Väl hemma möttes han av en svansviftande Henrik och en utsvulten Knasen. Detta trots att hans mamma Maria gett dem mat och rastat blodhunden innan hon gått till sitt arbete på biblioteket klockan ett. Oftast for han hem själv för att gå ut med hunden, men vissa dagar när morsan började senare och ändå passerade deras lägenhet, hade hon erbjudit sig att ta en sväng med Henrik. Klockan visade bara sexton och trettiotvå när Scotten tog på hunden kopplet, för att ta en runda i parken. På vägen hem från jobbet hade Scotten saknat en mössa som gick ner över öronen. Trots detta tog han på sig samma huvudbonad, med förklaringen att han bara tänkte ta en riktigt kort promenad i parken för att det var så jäkla oskönt ute. Förhoppningen var att hunden snabbt skulle uträtta sina behov och därmed borde de kunna vara inne i värmen igen, inom högst tio minuter.

Tyvärr fick Henrik upp ett spår så fort de kom ner till parken och den här gången hade Scotten inte mycket att säga till om. Fast han stretade emot drog blodhunden som aldrig förr och Scottens skor kasade i grusgången. Först tänkte Scotten ryta i ordentligt för att få stopp på hunden, men något sade honom att det var något viktigt som spårats upp, för så här hade inte Henrik betett sig ens när han fått vädring på en villig tik.

Drygt tjugo meter senare, inne i ett buskage, stannade plötsligt hunden och tittade upp på husse. Direkt såg Scotten att hans värsta ovän låg där, förmodligen halvt medvetslös med en fylld spruta i sin hand. Den här personen hade han lovat sig själv att likvidera om han fick tillfälle, först och främst för att han varit nära att själv bli dödad av honom. Några år tidigare hade Scotten gått emellan när aset klått upp sin flickvän, bara för att hon inte fått fram pengar till hans narkotikamissbruk.

I ett utfall mot Scotten hade han då missat honom med några centimeter och istället dödat tjejen. På något sätt hade en sketen advokat lyckats få personen frikänd, för att det inte var helt säkerställt om hon var ägare till kniven och om det var hon som anfallit honom först. Kronan på verket var att aset fått ett fett skadestånd för att han fått bestående psykiska men av händelsen. Att det var han själv som dödat henne, förringades genom att det påstods som möjligt att hon själv stuckit kniven i sig, för att hon var påverkad av heroin.

För inte så länge sedan hade Scotten lyssnat på ett radioprogram där det sagts att man inte systematiskt skulle uppsöka idioter som betett sig illa för att hämnas på dem, för det var för det mesta helt onödigt. Istället var det lämpligare att invänta rätt tillfälle, för förr eller senare skulle det erbjudas en möjlighet som vida överträffade alla planer man haft för att befria världen från ett as. När Scotten hört det på radion hade han trott att det bara var bullshit, men kanske låg det en del i det som sagts.

Här hade han nu alla möjligheter att tömma sprutan på dess innehåll rätt ut i luften och skicka in en rejäl luftbubbla i venerna på den jäveln, utan att någon skulle ha en aning om att det var han som gjort det.

Flickvännens mamma hade begått självmord en kort tid efter flickans död, beroende på att hon inte orkade leva längre utan sin dotter. I sitt avskedsbrev hade hon skrivit att hon förbannade mördaren som tagit livet av hennes dotter och att hon hoppades att han fick brinna i helvetet för evigt, för sin gärning.

Sekunderna senare drog Scotten bestämt i kopplet för att snabbt komma ifrån parken med Henrik.

-Tjena Scotten, det ser ut som att ni vill åt varsitt håll, hörde Scotten plötsligt en röst utbrista när de kom ut till trottoaren igen.

-Hej Jesper! Jo, det är så med hundar att de inte alltid vet sitt eget bästa. I den här snålblåsten är det knappast läge för att vara ute några längre stunder, förklarade Scotten.

-Nej, det kan jag hålla med om. Själv tänkte jag gå in en sväng i någon affär för att värma mig, för jag har bara kommit halvvägs hem från jobbet. Jag behöver egentligen inte köpa något, men bara för att det blåser så förbannat kallt så måste jag ta en paus och värma mig lite. Annars ramlar nog mina förfrusna öron av som skrynkliga prinskorvar, fortsatte polischefen och tog upp sina händer för att försiktigt hålla i sina öron.

-Djupt sagt och helt klart en god idè. Själv ska jag upp och förbereda lite kvällskäk till Lisa som kommer hem om en stund. Du får ha det så bra och hälsa Leila, sade Scotten och ryckte till i Henriks koppel för att få med honom.

Jesper nickade instämmande, vände på klacken och gick in i första bästa affär för att tina upp prinskorvarna.

- - - - -

Nackdelen med att gå och handla efter arbetet var solklar. När man var trött och utsvulten, blev det automatiskt att man plockade på sig massor av mat samt godsaker som kändes nödvändiga, resonerade Leila. Ibland skrev hon en inköpslista på vad som behövdes, men just den här gången hade det inte funnits tid för det. Dessutom var det mesta slut hemma kändes det som, så det var egentligen ingen risk att

det skulle köpas något som hann bli förstört innan det
hunnit ätas upp. Hur hon skulle få med sig allt hem utan
att bära ihjäl sig var ett senare problem, tänkte hon när
kundvagnen var fylld, trots att hon förmodligen inte fått
med sig allt. En utväg kunde vara att ringa Petter och be
honom komma och hjälpa till att få hem varorna, för han
borde sluta sitt arbete snart. Några minuter senare var
det ordnat och han satsade på att vara hos henne inom
en kvart. Nu gällde det bara att palla med att ställa sig
vid spisen ett par timmar också, spekulerade Leila
medan hon lade upp varorna på kassabandet. Som på
beställning såg hon Petter komma rusande när kassarna
var fyllda.

-Jag kom så fort jag kunde. Jösses vad du har handlat
mycket! utbrast Petter när han fick se vad Leila plockat
på sig.

-Det mesta var ju slut hemma, så då blir det ju så här,
förklarade hon med en suck.

-Jag förstår det, men på samma gång är det ju härligt
när vi fått hem det här lasset, för då borde vi väl klara
oss flera veckor, fortsatte han.

-Tyvärr kom du lite för sent egentligen, för nu slapp du
att betala, sade Leila med ett brett leende samtidigt som
hennes mobiltelefon ringde.

-Måste du verkligen svara på det där? vi är ju ganska
upptagna just nu, förklarade Petter irriterat.

-Det är min chef så det är klart att jag måste ta det,
svarade Leila och tryckte på grön lur.

-Jag behöver din hjälp snarast, det har hittats en död
person, sade Jesper.

-Shit också, plocka upp mig utanför Ica då, för jag

befinner mig där nu, svarade Leila.

-Jag är tillbaka på stationen, så det dröjer några minuter, sade Jesper innan han avslutade.

-Jag förstod att det var något allvarligt som hänt, så stick du. Troligtvis ringer jag en taxi, för själv kan jag inte få med mig allt det här hem, sade Petter.

-Tyvärr tänkte jag ställt mig och lagat en massa mat ikväll, men det lär det nog inte bli något av. Du får väl se om du bara orkar göra käk tills imorgon så länge för det vore tacksamt, berättade Leila innan hon gick ut till sin chef som redan kommit.

-Jag fixar det, inga problem, svarade Petter samtidigt som han ringde efter en bil.

- - - - -

När Scotten kommit in, fått av sig ytterkläderna och fyllt på mat till Knasen och Henrik gick han in och lade sig i soffan. Det bara snurrade i skallen efter allt som hänt den senaste tiden. Han tänkte då inte bara på vad som skett nyligen, utan även på möten med andra obehagliga typer. Först kom händelsen i skåpbilen upp i hjärnan, den då han i rent självförsvar sparkat ihjäl en tvåbarnsfar innan han slängt ut personen genom bakdörrarna. Tätt därpå hade han med Ludvigs hjälp gett en förföljare en lagom dos med heroin, för att han skulle vara medvetslös tills ett tåg tillintet gjorde aset för evigt. Någonstans hade Scotten hört att en människa blev avtrubbad efter att den tagit livet av en medmänniska. Precis som om att det värsta var den första man hade ihjäl och på något sätt var det inte lika allvarligt om det blev fler senare. Resonemanget gick väl ut på, att oavsett om man likviderat en eller flera, så var man likväl en mördare. Visst hade Scotten själv vaknat kallsvettig ett antal gånger på grund av detta, men snabbt hade han försvarat sina handlingar med att det antingen bara var han själv eller de andra som kunde gå levande därifrån, något annat alternativ fanns inte. Precis när Scotten började tänka på det som inträffat när han var ute med Henrik, hörde han Lisa komma innanför dörren. Direkt flög han upp och rusade ut i köket till Lisa, för att få fram kvällsmat till dem. En snabb blick på köksklockan visade att han förmodligen legat i soffan minst en halvtimme och spekulerat.

-Hej älskling! Ska jag ta fram brödrosten? I morse såg jag att vi har en del bröd som börjar bli lite torrt, så då brukar det ju vara läge att rosta, förklarade Lisa och kysste honom.

-Hej sötnos, jädrar vad kall du är om läpparna! Visst, det är jag också sugen på! Hur har det varit i klädbutiken idag? frågade Scotten.

-Helt okej, det har varit ganska mycket kunder, så tiden har gått fort. När det är så här ruggigt väder inser många att de behöver ha mer på sig för att slippa frysa, fortsatte hon medan hon tog fram osthyvel och en smörkniv.

-Konstigt ändå tycker jag, för de flesta måste väl varit med om sådan här kyla tidigare. Jag menar, att förmodligen har de nog fullt med varma kläder i sina garderober redan, spekulerade han.

-Det är inte alls säkert att de har sådant kvar, för många är trötta på sina kläder efter att de gått omkring med dem en hel vinter. För att känna sig lite duktiga säljer de dem billigt eller lämnar in dem i någon klädinsamling. Dessutom är det väldigt många som absolut inte kan tänka sig att gå runt med fjolårets mode. Skulle de göra det, så reagerar arbetskamrater och anhöriga direkt och tror att de inte har råd att hänga med, förklarade Lisa.

-Frågar du mig om vad som skiljer årets mode från det som var förra vintern, så har jag inte en aning. Menar du på fullt allvar att det finns människor som verkligen bryr sig om sådana oväsentligheter? frågade han.

-Att inte du har någon som helst kontroll på vad man ska ha på sig, var ju ingen nyhet precis. De allra flesta jag känner vet emellertid exakt vad som gäller, för att de tycker att det är väldigt viktigt och intressant! Du har en jäkla tur som träffat mig så att jag kan hejda dig ibland när du väljer kläder, för det är ju pinsamt vilken dålig klädsmak du har, fortsatte Lisa och började skratta.

-Det viktigaste är väl att man inte fryser och att det är rätt storlek. Sedan om det är rätt färg eller form på kläderna tycker jag inte spelar så stor roll, svarade han och satte i ett par skivor i brödrosten.

-På tal om det, så måste du prova cykelhjälmen jag köpte till dig. Jag tror den ska passa, för det gick att reglera innerskalet på något sätt med en liten ratt. Du borde få plats med en rejäl mössa under den, sade hon.

-Klart jag ska testa den! Vad är det för färg på den förresten? Jag hoppas inte att den är rosa eller knallgul, svarade Scotten med en lite orolig ton.

-Ha! Du sade ju nyss att du inte brydde dig om vad det var för färg på det du har på dig! Hur ska du ha det egentligen? frågade Lisa och garvade.

-Jag menar bara, att jag hellre tar på mig något som inte är så i ögonfallande att folk får nackspärr när de glor på mig, förklarade Scotten.

-Först tänkte jag tagit en orange, för då vet jag att min älskling syns när han är ute och cyklar, så att han inte blir påkörd. Men när jag kom till kassan och skulle betala, såg jag att de hade fått in en ny modell som jag föll för istället, berättade hon,

-Jaha, det var ju skönt att höra, att du inte tog en som ser ut som en solnedgång i väster. Vad valde du för färg till slut då? undrade Scotten otåligt.

-Det blev faktiskt en kolfiberfärgad, för det är högsta modet just nu. Det fina var att det finns inbyggda lysdioder i den som börjar lysa när det är mörkt ute, förklarade Lisa och log.

-Häftigt, den blir nog mina jobbarkompisar avundsjuka på! En kille på jobbet håller på att bygga om en bil så att den i huvudsak kommer att bestå av kolfiber istället för plåt. Det är superhett just nu, svarade han och sken upp.

-Hehe, du sade ju alldeles nyss att du inte brydde dig det minsta om mode. Jag blir inte riktigt klok på dig! Se till att prova hjälmen nu! befallde Lisa när hon hämtat den i hallen.

- - - - -

Kapitel 3

Eftersom Leila inte ätit på ett tag, kände hon sig lite yr och blev åksjuk när Jesper gasade på. Det var visserligen ingen direkt utryckning, men i sådana här lägen var det ändå av stor vikt att komma fram så fort som möjligt. I första hand var det för att slippa få en massa obehöriga att trampa omkring och förstöra eventuellt bevismaterial.

-Ytterligare en död person som hittas utomhus, tror du att det finns något samband? undrade Leila medan hon ansträngde sig för att inte slå i sitt huvud i sidorutan på grund av den häftiga körningen.

-Visst finns det likheter, jag har också tänkt på det. Märkligt är, att det måste skett nästan samtidigt som de tre ungdomarna begravdes. Långsökt kanske att det har ett samband, men kanske ändå inte. Snart får vi väl se om det är någon form av narkotika som använts här med, svarade Jesper och bromsade in för att stanna.

-Det borde vara kvinnan som står där som larmat, för hon verkar vilja komma i kontakt med oss, sade Leila och tog av sig bilbältet.

-Det har du nog rätt i. Du kan plocka av henne upplysningar så länge. Jag kommer strax, ska bara försöka få hit kriminaltekniker Lisbeth, fortsatte han.

Leila bara nickade till svar innan hon gick ut till kvinnan.

-Hej, jag heter Leila och kommer från polisen. Var det du som ringde nyss? frågade hon.

-Ja, usch vilken hemsk syn! Jag har aldrig sett en död människa förut, det var fruktansvärt! berättade hon.

-Var hittade du den döde och är det någon du känner igen? fortsatte Leila.

-Han ligger bakom parksoffan där borta, men jag har aldrig sett honom förr, fortsatte kvinnan som nästan var i chocktillstånd.

-Om du lämnade dina kontaktuppgifter när du larmade, så får du gärna gå vidare. Vi hör av oss senare, berättade Leila samtidigt som Jesper anslöt.

-Jag hörde att kvinnan inte kände igen honom, så vi får se om det är någon vi vet vem det är, sade Jesper och började gå åt det håll som hon pekat.

-Fasen, det där nyllet känner jag igen! Jag tror han är runt tjugofem år och har varit med i drogsvängen länge. Tyvärr kommer jag inte på vad han heter, förklarade Leila.

-Det där är Pecka Lindström, det ser jag direkt. Han var mordmisstänkt för några år sedan på sin flickvän, men frikändes och fick skadestånd av någon anledning, sade Jesper och tittade sig omkring efter spår.

-Jaha, bra att du vet vem det är. Fick du tag på Lisbeth? undrade Leila och började sätta upp avspärrningsband.

-Nej, det var så jäkla typiskt. Hon hade bara för ett par timmar sedan flugit söderut och kommer inte hem förrän om en vecka. Visst kan hon väl behöva semester också, men det känns alltid som det händer en massa när hon är borta. Hur som helst så skulle det komma hit en nyutbildad tekniker, fortsatte Jesper.

-Det behöver ju inte vara en nackdel bara för att han inte varit med tidigare. Möjligheten finns ju att han gör jobbet lika bra som Lisbeth, sade Leila.

-Visst kan det vara så, men fan tror det! Jag tänker vara kvar här och se hur han går till väga. Även om det är en gammal kåkfarare vi har här, som förmodligen orsakat sin död själv så vet vi inget säkert, fortsatte hennes chef.

-Jag tycker inte heller att det ser ut som ett mord, men en sådan sak måste givetvis fastställas. Man ser dock på flera meters håll att det där armvecket fått många kanyler i sig, upplyste Leila om och pekade på den bara vänsterarmen.

-Ja, det är konstigt i alla fall vad en människa är beredd att utsätta sig för. På en skola jag besökte förra veckan för att avskräcka ungdomar från att nyttja droger, fick jag en klok kommentar. Det var en tjej som utbrast att folk kan ju inte vara vettiga i huvudet, när de trycker i sig sådan där skit frivilligt. Det tycker jag var riktigt smart sagt, fortsatte Jesper.

-Jag håller med dig fullständigt. Där kommer det en som ser ut att vara kriminaltekniker, för han har skyddskläder på sig från topp till tå. Vet du vad han heter? undrade Leila.

-Det berättade de, men det har varit så mycket nu så det har totalt fallit ur hjärnan. Det är väl inte så lämpligt att ta honom i hand och hälsa, men presentera oss med namn är det helt klart läge för, sade Jesper och tog några steg mot mannen.

-Jag heter Ola Nilsson och är kriminaltekniker. Jag vet vad ni heter och har sett att liket ligger bakom soffan där. På plats här kommer jag bara göra en mindre undersökning av området kring den döde. Liket ska snarast in till ett undersökningsrum så att jag kan fastställa dödsorsaken, förklarade han.

-Jaha, Lisbeth brukar alltid göra en grundlig undersökning på stället, men det kanske är nya rön, sade Jesper frågande.

-Det där är helt förlegat och något som förkastades helt på vår utbildning. Nu ser jag redan att de kommer med en bår för att hämta honom, så då får jag skynda mig, förklarade kriminalteknikern.

-Då får jag väl ta ner banden igen, sade Leila och suckade.

-Visst, jag kontaktar hundförare Olsson under tiden så han får komma hit och söka av omgivningarna i alla fall. Har vi ett jäkla oflyt kanske det ligger fler lik här omkring, fortsatte Jesper.

-Låter lite rått när du säger så, men jag förstår vad du menar. Det får ju absolut inte vara som så att vi missar något här, bara för att vi gjort en bristfällig kontroll. Jag försöker släppa Nilssons idèer om hur han lägger upp undersökningen, men det måste väl vara stor risk att det missas en del om man inte kollar av lika noga som Lisbeth? spekulerade Leila.

-Jag är också djupt oroad för att vi tappar bort en massa ledtrådar på det här viset. Det är helt klart inget som jag tänker ta ansvar för i så fall. Nu svarar Olsson, sade hennes chef och vände sig om och började prata i sin mobiltelefon.

Han kommer om tio minuter, tur det för jag håller på att frysa öronen av mig! berättade Jesper.

-Ja, det förstår jag att du gör, för de ser väldigt annorlunda ut. Det jag däremot inte begriper, är varför du inte fällt ner de inbyggda öronlapparna som finns på din mössa, sade Leila och log.

-Inbyggda öronlappar, var sitter de om jag får fråga? undrade han och tog av sig mössan för att undersöka den.

-De sitter inte utanpå, utan man viker ut dem inifrån, så här, sade Leila och tog mössan samtidigt som hon inte kunde låta bli att skratta.

-Tusan, dem har jag aldrig sett, vilka finesser! Jädrar vilken skillnad! Tack ska du ha! utbrast Jesper och tog på sig huvudbonaden.

-Ska vi följa med Olsson som kommer där, eller söker han av området bättre själv? frågade hon huttrande.

-Han och Chapman sköter det här lysande utan oss och hittar de något speciellt får han ringa. Nu tar vi bilen och så släpper jag av dig vid bostaden, förklarade hennes chef.

-Tack, men behöver vi inte skriva en rapport redan ikväll? undrade hon.

-Det fixar jag när jag ändå ska tillbaka med bilen. Det blir bara en kort skrivelse med vissa fakta, resten får vi fylla i imorgon, fortsatte han.

-Okej, det låter perfekt. Nu blev det ju en del övertid idag, hur gör vi med den tycker du? frågade Leila.

-Vi tar kompensationsledigt till i morgon lunch, så Linn får sköta ruljangsen i morgon förmiddag. Vi ses klockan tretton efter lite välbehövlig vila då, sade Jesper och saktade in utanför hennes ingång.

-Det blir bra, innan vi börjar jobba härnäst ska jag laga massor med mat! talade Leila om och klev ut ur bilen.

- - - - -

-Tusan också, nu ringer det på dörren och jag kan inte få av mig hjälmen! Kan du öppna Lisa? undrade Scotten.

-Nej, för jag står med disken. Du får väl öppna själv, det gör inget om du har cykelhjälmen på dig, svarade hon.

-Ja, men jag har ju släckt lampan här i hallen och nu ser ju huvudet ut som en discokula! Nåväl, jag kollar vem det är i alla fall, svarade Scotten och öppnade dörren försiktigt.

-Hallo Alien! vad du dröjer med att öppna. Har Lisa tvingat på dig den där? Berätta inte det för Ebba, för då ska hon säkert kränga på mig en likadan, sade Ludvig och stegade in.

-Hej, du får hjälpa mig att knäppa loss den, det verkar vara en idiotsäker låsning på cykelhjälmen, fick Scotten fram.

-Tja, där har vi väl förklaringen till varför du inte kan ta av den! Så här gör man, sade Ludvig och lossade spärren.

-Tack, du får visa sedan hur du gjorde, men såg du vilka häftiga ljuseffekter det var när det var mörkt i hallen? undrade Scotten.

-Det var urtjusigt, som sagt håll klaffen om den där till min flickvän Ebba. Jag är kaffesugen, har du något gott till? för jag glömde nämligen att köpa med det, fortsatte han och sparkade av sig sina slitna Converce-skor.

-Du kan få muffins till som jag bakade i helgen, svarade Lisa som hört deras konversation.

-Jaha, så du är gräsänkling nu igen förstår jag, sade Scotten.

-Jo, men visst! Ebba åkte till Norrköping innan jag vaknade i morse och nu kommer hon inte hem förrän sent torsdag kväll. Hon bad mig fråga om ni tyckte att det var läge för bowling i helgen och sedan gå och käka taco-buffè, fortsatte han och gick till soffan i vardagsrummet och satte sig.

-Visst skulle det vara kul med det, visserligen är jag inte lika duktig på bowling som biljard. Vad tycker du Lisa? undrade Scotten.

-Det kan kanske blir lite problem för mig på grund av att jag är i sjunde månaden, men det är ju ingen tävling på liv och död, hoppas jag. Det räcker väl att vinnaren får se ut sig vad hon vill ha i en smyckesaffär antar jag! svarade Lisa medan hon satte in muffinsarna i mikron.

-Det låter som att ni hänger på, då bokar jag en bana och skriver till Ebba att det är grönt, berättade Ludvig.

-Det ska bli kul att göra något tillsammans! Hur rullar det på med affärerna på TV-firman, är det mycket att göra? frågade Scotten medan han anslöt till soffan.

-För en gångs skull kan jag säga att det är alldeles lagom mycket arbete. I morse såg det lite lugnt ut först, men det fyllde på vartefter och när det var dags att stänga, var jag precis färdig med vad som behövde göras! Det är riktigt sällan som det blir så, men idag var alltså ett undantag. Hur är det på Allsvets AB, håller efterfrågan i sig? undrade han.

-Just för tillfället är det för lite att göra, men förhoppningsvis så vänder det snart. Annars finns väl risken för att någon blir permitterad. Det är väl ett par stycken anställda efter mig, så jag åker nog inte i första omgången, spekulerade Scotten medan Lisa kom in med en kaffebricka.

-Hoppas det går åt rätt håll då, på ditt jobb. Hur är det i klädbranschen, är det någon snurr där? fortsatte han och tittade på Lisa.

-För närvarande ser det hyggligt ut, men det behövs knappast någon raketforskning för att se vart det är på väg. Allt fler väljer att handla kläder på nätet, så på lite längre sikt ser det inte alltför ljust ut. Dessutom verkar det vara trendigt nu att handla på secondhand, dels för att folk vill vara snälla mot miljön, men även för att de insett att det går att spara in en del pengar på det viset, fortsatte Lisa och hällde upp kaffet i muggarna.

-Jaha, det låter jobbigt, hur tänker ni göra för att motverka den trenden? frågade Ludvig innan han tryckte in en hel muffins i munnen.

-Det senaste jag hörde var att vi kanske ska börja hyra ut kläder, antingen över en helg, en vecka eller en månad. Många använder faktiskt bara sina kläder en kort tid och sedan blir de hängande. Det kan bero på att de gjort ett impulsköp som de sedan ångrar. Antingen blir det då hängande i garderoben eller så skänks det till någon loppis. Nackdelen för oss om det hamnar där, är att vi på så sätt missar en del kunder som förmodligen annars kommit till oss eller våra kollegor, sade Lisa samtidigt som hon förundrades över hur Ludvig redan kunde vara inne på sin tredje muffins.

-Okej, jag tror att jag fattar. Men hur blir det då om någon som hyr verkligen trivs riktigt bra med sina kläder, måste personen ändå lämna tillbaka dem då eller kan hen köpa loss paltorna? frågade Ludvig.

-I de lägena kommer de givetvis få handla varorna till ordinarie pris, svarade Lisa.

-Det måste ju vara lugnade för er att ni kommit på den här idèn, för den låter i vart fall väldigt logisk, sade han.

-Direkt lugnt är det inte för det, för problemet är ganska komplext. I och med att vi tillhör en franchise-kedja, så handlar det mycket om hur det går får våra systerföretag. Som sagt, allt mer styrs över till näthandeln. Idag skäms inte många för att komma in och prova ut rätt storlek hos oss, för att sedan gå hem och beställa kläderrna på datorn, förklarade Lisa medan hon började smutta på sitt kaffe.

-Som du säger är det helt klart ett ganska komplext problem och en del av det du nämner känner jag igen från min egen bransch. Mängder av typer ringer och ber om råd angående vad de ska handla för något via datorn, utan att tänka på att de på det viset stryper min livsnäring. En del har till och med mage att sedan komma till mig och tro att jag ska reparera det som gått sönder, på någon slags garanti som de inte fått! Sådant är jäkligt tröttsamt, fortsatte Ludvig.

-Ni låter som två gnällkärringar! Det ska bli skönt att få klå upp er i bowling till helgen så ni får något annat att tänka på, sade Scotten efter att han bara suttit och lyssnat på dem.

-Min tanke var att jag skulle styra över snacket på något helt annat just nu, men du avbröt mig fullständigt, sade Ludvig och försökte verka allvarlig.

-Jaha, vad tänkte du säga oss då? Ordet är ditt, kontrade Lisa.

-Jag tänkte fråga om du möjligtvis hade fler muffins att bjuda på, för de smakade väldigt gott! sade Ludvig och tömde sin kopp.

- - - - -

Kapitel 4

Leila tog fram sin mobiltelefon för att se vad klockan var, när Jesper släppt av henne. Bara halvåtta, tänkte hon och öppnade dörren till porten. Nu hade hon två val, antingen fläska på och göra krubb ett par timmar eller softa istället och därmed ha matlagningen kvar till morgondagen. Efter lite velande kom hon fram till att det förmodligen vore skönast att ha det mesta gjort redan under kvällen, inte minst för att det nog skulle bli svårt att få allt nerkylt tills hon började arbeta klockan tretton.

-Hej Leila! Vad härligt att du inte behövde jobba så länge. Jag har faktiskt fixat tre formar lasagne och fyra fiskgratänger med, hoppas det inte gjorde något, sade Petter när hon kom in i hallen.

-Du är ju helt underbar, älskling! Om du visste vad tacksam jag är för att slippa stå med det nu! Har du lagt dem i matlådor också? frågade hon medan hon tog av sig ytterkläderna.

-Nej, jag tänkte att det vill du troligtvis ordna själv, så att du får så stora portioner som du vill ha, förklarade han.

-Rätt tänkt, det finns knappt något som är så förargligt som att börja äta något som är riktigt gott och det tar slut efter bara några tuggor. Först vill jag dock ha en balja kaffe med något till, innan jag pytsar upp och fryser in, fortsatte hon.

-Skär upp painrichen du köpte, så kan jag ladda kaffebryggaren. Jag förstår att du vill ha varm dryck efter att ha varit ute och frusit i flera timmar, fortsatte Petter.

-Ja, det var ingen hit precis. Som kompensation

31

är jag ledig till imorgon lunch. Jag är faktiskt så frusen att jag tänker ta en lång varm dusch sedan. Det kanske du också är pigg på? frågade hon tyst och tittade ner.

-När det gäller sådana erbjudanden så hugger jag direkt som en kobra, det vet du! Är du extremt sugen på fika, eller kan det vänta en stund? undrade Petter med ett brett leende.

-Vi kan gärna vänta med att fika, svarade Leila medan hon knäppte upp sin blus.

- - - - -

-Härligt, nu behöver jag inte någon kvällsmat! Tack Lisa för otroligt goda muffins. Det är nog läge för mig att gå hem nu, sade Ludvig och reste sig från soffan.

-Jag kan faktiskt följa med en bit, för Henrik vill säkert ut en sväng innan det är sovdags, svarade Scotten.

-Det går fint det och ni får givetvis komma till mig på fika när ni vill. Ta gärna med lite gott fikabröd då, för det är inte säkert att jag har något hemma, berättade Ludvig medan han drog på sig sina skor, utan att knyta upp dem först.

-Det låter som ett väldigt lockande alternativ. En idè kanske annars är att du kommer hit igen och fikar, för Lisa har nästan alltid något gott att bjuda på, sade Scotten på skämt.

-Det var ett av de bästa förslagen du har kommit med på länge! Var inte för säkra, jag kanske dyker upp redan imorgon! svarade Ludvig allvarligt medan han öppnade dörren.

-Vänta lite, jag måste väcka Henrik först och ta på hans koppel. Om du vill kan du få ta med skräppåsen, för vi passerar ändå soprummet när vi kommer ut, förklarade Scotten.

-Det ska väl inte vara några större problem. Är jycken färdig nu så vi kan gå? undrade Ludvig otåligt.

-Nu är kvällspatrullen redo! Tycker du att jag ska ha min klatschiga cykelhjälm på mig så att vi syns? frågade Scotten och garvade.

-Nej för tusan, då får du gå själv! Får polisen se dig med den på när du är ute och går, så kör de dig nog till hispan direkt, spekulerade Ludvig.

-Det har varit en grymt händelserik eftermiddag innan du kom på besök, ska du veta. När jag rastade Henrik efter jobbet, träffade jag aset Pecka som du säkert kommer ihåg, sade Scotten trevande när de kommit ut.

-Den jäkla typen har jag inte sett på länge. I många andra länder hade man förmodligen fått betalt för att befria världen från den fan. Jag förmodar att han var påtänd som vanligt, sade Ludvig upprepat.

-Visst har du rätt i det. Problemet är ju nu då att vi lever i Sverige, där allt som är rätt och rimligt tyvärr anses vara åt helvete. Det här synsättet har kommit alltmer så sent som under vår livstid, man kan undra var det ska sluta, svarade Scotten.

-Jag håller med dig fullständigt! Faktum är ju även att det är vridet åt andra hållet med. Det som är helt fel och konstigt, är helt plötsligt okej! Vi kan nog tacka våra politiker för det, tror jag, sade Ludvig medan han slängde skräpet.

-Mycket av det som sker nu kan vi nog skylla våra folkvalda för, men jag tror inte att det är hela sanningen. Nästan jämt bestämmer media vad vi ska tycka genom att vinkla artiklarna så de blir som de vill. Sådant är

33

inte så lätt för allmänheten att kontrollera precis. Alla uppmanas att vara kritiska till vad som sprids, men det är oftast omöjligt att veta om källan är opartisk, fortsatte Scotten medan Henrik lättade på trycket vid en lyktstolpe.

-Jag tror att vi är fullständigt överens på de här punkterna. Hur som helst så hoppas jag att jag aldrig behöver springa på den där Pecka. För mig får någon gärna avliva honom omedelbart, för det är vad jag anser att han är värd. Nu är vi redan hemma hos mig, tack för att du följde med! Vi syns! sade Ludvig och plockade fram sin nyckel.

-Ja visst, hejdå! var det enda Scotten hann få ur sig innan dörren gick igen. Helst hade han velat prata mer med Ludvig om Pecka, men det fick väl bli vid ett senare tillfälle, tänkte han och gick hemåt igen med Henrik. En isande vind blåste friskt från nordost, vilket han märkte först nu när han gick rakt emot den. När Scotten tittade upp mot himlen, såg han att det var betydligt molnigare nu än föregående kväll. Det borde rimligtvis betyda att det inte blev så kallt kommande natt, tänkte han vidare. Just den råa kylan och avsaknaden av rejält solljus, fick honom att drömma sig bort till semesterveckan de haft på Mallorca för inte så länge sedan. Att kunna åka dit igen var en dröm, men innerst inne visste han att den förmodligen inte skulle gå att genomföra inom de närmaste åren. Någon gång i början på februari skulle Lisa föda deras första barn, vilket kändes både fantastiskt och overkligt. I allt underbart som detta skulle medföra, gick det bara konstatera att det väntade en väldigt stor omsvängning i deras liv. Plötsligt skulle de då tillsammans ha ett grymt stort ansvar för ett litet barn! Detta upphörde inte förrän om arton år och förmodligen inte ens då!

När Scotten tänkte på det, så kände han en pirrande känsla inom sig och han började le och skratta åt sina tankar!

En stund senare när de kommit till sängs, slöt han sina ögon och fortsatte tänka på att de snart skulle bli föräldrar. Ibland kom dock händelsen i parken under eftermiddagen sporadiskt upp, men Scotten lyckades åtminstone för tillfället städa bort det som inträffat där.

- - - - -

Leila kände sig överlycklig när de lade sig för natten och hon var först egentligen inte det minsta trött. Det som verkat bli en riktig skitkväll när hennes chef beordrat in henne för att undersöka ett dödsfall, hade efter omständigheterna utvecklats till en härlig afton! Stunden med Petter i badrummet fick henne att rodna! Sedan att all mat var fixad och klar, kändes toppen.

Plötsligt kom Pecka Lindström upp i hennes hjärna, men det var som om det inte var någon speciellt stor förlust att han var väck. Konstigt nog insåg Leila att hon nog redan vant sig vid att se lik och svårt sargade kroppar. Detta gjorde henne lite oroad. Just det att hon blivit likgiltig över allt dödande och våld, precis som om hon var avtrubbad av allt hon varit med om. En gnagande känsla infann sig strax innan hon somnade, beträffande den döde Pecka. Det var något som inte stämde riktigt, men hennes hjärna vägrade att fördjupa sig i dilemmat, utan krävde nu sömn.

Klockan halvsex ringde Petters larm och hon hörde att

han med släpande steg tog sig till badrummet. På samma gång som hon själv var för trött för att gå upp, kände hon sig rastlös. Det var så jäkla typiskt, här hade hon nu alla möjligheter att ta en fet sovmorgon, men så var det någon liten jävel i hennes huvud som tyckte motsatsen! Visst kunde hon dra igång med att städa, tvätta och en massa förbannade nyttigheter bara för att känna sig duktig och göra typen i sin skalle till lags. Plötsligt infann sig dock den late och lite mesiga typen upp i hjärnan, som sade att det vore gott att få somna om några timmar.

Det som slutligen avgjorde vad som skulle ske, var att Leila kände ett akut behov av att uppsöka toaletten. Väl uppe verkade det inte lönt att gå och lägga sig igen, utan hon beslöt sig för att äta frukost med Petter som vanligt.

-Gomorron älskling! Hade inte du sovmorgon idag? frågade Petter när han kom från duschen.

-Jo, men jag känner mig hyggligt utvilad, så jag tyckte att det var lika bra att gå upp. Det finns ju faktiskt alltid en del att göra, typ tvätta, stryka och städa. Även om det kanske inte är så kul just när man håller på, så är det ju härligt efteråt, förklarade hon och hällde upp kaffet.

-Ja, det kan jag förstå, för jag är likadan vad det gäller sådant. Jag kom att tänka på den där personen ni hittade i parken igår, var det bara ytterligare ett bevis på att det inte håller i längden att supa och knarka? undrade Petter medan han bredde sig en macka.

-Du vet att jag inte kan svara på sådant utan att bryta tystnadsplikten. Men om jag säger så här. Du märkte ju att jag bara var borta ett par timmar och hade det varit ett rejält mord, så hade det tagit betydligt längre tid. Obduktionsrapporten har inte ens Jesper eller jag fått se än, men dina antaganden är nog inte helt gripna i luften, förklarade hon.

-Självklart att du inte får säga allt till mig om sådant här, jag ville bara försäkra mig om att tidningen inte missar ett scoop om vi låter bli att ägna en massa tid på det. Ett dödsfall beroende på missbruk eller självmord är inget som man gärna skriver om. Däremot om det är någon dödlig smitta på gång eller kanske en medicin som är livsfarlig, då är det ju en helt annan sak, fortsatte han.

-Jag tror att jag hänger med på hur du resonerar. Spontant anser jag nog att det ägnas för mycket uppmärksamhet åt smittor och farliga mediciner med, men jag är osäker på den punkten. I vilket fall som helst är det tragiskt när människor dör i ens närhet, spekulerade Leila innan hon fyllde sin mun med en stor sked gröt.

-Varför vi måste ägna flera spaltmeter åt sådana grejer som du nämnde, beror på att vi genom att sprida nyheten förhoppningsvis kan förhindra att människor dör i onödan, förklarade Petter.

-Jo visst, men ibland blir det faktiskt fel, kanske för att ni är felunderrättade. Ta bara för några år sedan när media blåste på allt de kunde för att alla skulle vaccinera sig mot svininfluensan. Med facit i hand har det ju visat sig att många fått sina liv förstörda, för att de gick och tog de där sprutorna. Det är ju lätt att skylla på smittskyddsläkarna, men massmedia kan väl knappast höjas för att de tagit sitt ansvar precis, sade Leila.

-Det är ett specifikt fall som jag tror att varenda

journalist skäms för, just att de var med om att påverka folk. Enda försvaret jag kan ge, är väl att vi handlade i god tro. Det fanns helt enkelt ingen anledning för oss att tro att vi med våra förmaningar tyvärr drev på så att det blev många obotligt sjuka i slutänden. I vart fall måste jag göra mig färdig för en ny arbetsdag nu, berättade han och reste sig.

-Visst, glöm inte att ta med dig en matlåda! Vi syns ikväll, sade hon och gick in i sovrummet för att bädda. En stund senare hörde hon honom ropa hejdå, men hon lät bli att svara för att inte väcka grannarna. Trots att hon bara vädrat högst fem minuter, så kändes det helt utkylt i sovrummet och Leila fasade för att behöva cykla till jobbet om några timmar.

Det var visserligen en vanlig vardag, men för att inte väsnas för mycket, beslöt hon sig för att sortera tvätt och stryka sina arbetskläder till att börja med. När det var gjort drog Leila igång tvättmaskinen, för att sedan dammsuga våningen.

Efter att ha flängt runt i nästan en timme, kändes det som om det var hög tid för förmiddagsfika. Tillfredsställelsen var enorm över att ha hunnit så mycket redan. Nu hade hon tid för att ta det lugnt ända fram till lunch och sedan gå på och arbeta endast en halvdag. Med en påtår satte hon sig i soffan och började läsa en bok som åtminstone av baksidetexten att döma, borde vara i hennes smak. Tidigt greps Leila av handlingen och när hon tittade till på klockan, såg hon att det var dags att värma på maten till lunch.

Nöjd med hur hon spenderat den lediga förmiddagen, cyklade Leila sedan till arbetet där hon såg att Jesper redan befann sig.

-Hej chefen, jag ser att det står tre svarta sopsäckar där, vad är det i dem? frågade hon.

-Tjena, jo dem har hundförare Olsson släpat hit. Han ansåg att vi behövde tömma papperskorgarna i parken där Pecka hittades, för att det eventuellt kunde ligga bevismaterial där, svarade Jesper.

-Det har han ju helt rätt i, jag fattar inte hur vi kunde missa det! Tur att han kom ihåg det i alla fall, svarade hon.

-Visst borde vi ha tänkt på det, men nu är ju ändå skadan reparerad. Förmodligen finns inget av intresse i påsarna, men det måste givetvis uteslutas. Jag tycker vi tar med skiten ner till stjärnskottet Ola Nilsson på kriminaltekniska, samtidigt som vi går dit och begär ut ett obduktionsprotokoll, föreslog han.

-Hehe, du fick visst inget vidare förtroende för honom, hör jag. Ska vi gå direkt? frågade Leila och tog påsarna.

-Det gör vi, för han borde vara tillbaka efter lunch nu. Jag saknar förresten Linn, hon skulle också vara här nu, sade Jesper med ängslig röst.

-När skulle hon få flytta in i lägenheten här i huset, var det snart eller? undrade Leila.

-Det är bestämt att hon ska få hjälp med det redan imorgon. Jag hoppas för tusan inte att det redan är för sent! fortsatte Jesper.

-Vill du att jag försöker ringa henne? undrade Leila.

-Vi väntar tills vi kommer tillbaka från Nilsson, det är möjligt att hon bara blivit lite försenad, svarade Jesper och reste sig.

-Okej, då gör vi så. Där är Nilsson, han har tydligen

på sig full skyddsutrustning med ansiktsskydd och plastmössa för jämnan, ser det ut som! Det verkar väl seriöst i alla fall, utbrast Leila.

-Jo, men kompetensen sitter inte bara i kläderna. Går han klädd med en sådan där jättekondom på sig hemma med, blir det absolut inga barn gjorda! fortsatte han och garvade med ett kluckande läte.

-Men så får man väl inte säga, tänk om han hör vad du tycker! svarade Leila och började skratta hon med, dock inte för det sura skämtet, utan lätet hennes chef åstadkommit.

-Jag är precis färdig med undersökningen av Pecka Lindström. Visst fanns det både alkohol, amfetamin och heroin i kroppen, men det var inte det som orsakade hans död. Med stor sannolikhet var det istället en rejäl luftbubbla som nådde hans hjärta och därmed avslutade hans liv. För mig är det tydligt att han fått i sig den när han av misstag sköt i sig en tom spruta. Det händer ibland att missbrukare gör så, för oftast är de aldrig helt nyktra eller fria från droger i kroppen. I sådana lägen finns sällan någon möjlighet att de klarar sig. Förr eller senare hittar bubblan till hjärnan eller hjärtat, förklarade Nilsson.

-Jaha, det var ju nästan som vi trodde, i alla fall. Vi har med tre soppåsar från papperskorgarna i parken. Det är bra om du kan undersöka dem snarast med. Möjligheten finns att där ligger bevis för att ett brott begåtts, kanske inte så troligt, men man vet aldrig förrän det är undersökt. Det mesta pekar tydligen på att han orsakat sin död själv, visserligen oavsiktligt men ändå, fortsatte Jesper.

-Jag får väl titta på det så fort jag får tid över. Just nu vill de ha ner mig till Norrköping så fort det går, svarade kriminalteknikern.

-Du har en uppgift att lösa här först innan du försvinner, svarade Jesper och började gå därifrån.

-På ett sätt var det ändå rätt skönt att vi slapp ägna mer tid åt Pecka, för vi har många viktiga fall att lösa ändå, sade Leila när de kommit en bit.

-Visst är det så. Det verkar exempelvis inte som om Linn dykt upp. Kan du försöka få kontakt med henne? så skriver jag färdigt rapporten om Pecka under tiden, sade hennes chef.

-Jag ringer Linn på en gång, svarar hon inte så bör vi nog åka hem till henne, föreslog Leila.

-Typiskt, jag förstår nu att du inte får något svar, så vi sticker direkt! sade Jesper när han såg att Leila skakade på sitt huvud, för att Linn inte verkade anträffbar.

- - - - -

Kapitel 5

Redan innan Scotten kom ut med Henrik på morgonen, visste han att det regnade. När han vaknat hade det hörts att det smattrade mot fönstret. Ljudet hade dock varit med varierande intensitet, så hans slutsats var att det förmodligen blåste en hel del också.

Bara några steg ut på trottoaren bestämde han sig för att ta bilen till jobbet, för att slippa bli genomblöt. Visst hade han ett skapligt regnställ som skyddade rätt bra i normala fall, men nu var det som om regnet nästan kom vågrätt i vindbyarna och därmed var det inget som lockade att cykla i. Henrik fann inte heller han något större nöje i att vistas ute mer än nödvändigt, så när behoven var uträttade drog han inåt igen på rekordtid. Utetermometern visade på fem plusgrader såg Scotten, när han kollade den igenom köksfönstret då de kommit in igen. Skillnaden mot dagen innan förvånade honom, men det var ändå skönt att det kunnat svänga så fort till lite mildare väder. Visst var det extremt mörkt och dystert ute mot häromdagen när solen lyst upp så mycket den förmått, men nu slapp man istället is och halka.

Scotten hade aldrig varit med om att någon kunde somna om så fort som Henrik, men på den lilla stunden det tagit att få fram de färdiga mackorna och trycka på bryggaren, hördes nu redan hundens tunga snarkande inifrån sovrummet.

Det är en del som har det bra, tänkte han och satte sig vid köksbordet.

Efter tandborstning och en kyss på Lisas kind, tog han bilnycklarna och gick till bilen för att åka till sitt arbete. Volvon startade omedelbart och det var fantastiskt skönt att stiga ur den en stund senare och trots ovädret vara alldeles torr. Om det regnade vid lunch när han skulle hem och äta samt rasta Henrik var oväsentligt, för han riskerade inte att bli speciellt blöt då heller.

Eftersom Scotten var tidig på jobbet, gick han till kaffeautomaten och tryckte fram en mugg, för det fanns det ju tid till.

Plötsligt kom han på en sak han inte tänkt på tidigare, som rörde Pecka Lindström! Paniken stegrades inom honom och han förstod direkt att hans misstag kunde stå honom riktigt dyrt!

- - - - -

På väg till Linns bostad fortsatte Leila oavbrutet med att försöka få kontakt med henne, medan Jesper körde så fort det gick.

-Egentligen skulle vi nog ta på oss de skottsäkra västarna innan vi går in, man vet ju aldrig vad som väntar där, förklarade han när de närmade sig adressen.

-Då gör vi det, även om det tar ett par minuter extra. Tycker du jag ska kalla på förstärkning med? undrade hon.

-Nej, men du kan informera stationen om vart vi är på väg, så att de snabbt kan ansluta om det erfordras, fortsatte Jesper.

-Jäklar, det ser ju ut som om ett fönster är krossat där, det är väl hennes lägenhet! utbrast Leila när de kom fram.

-Tusan också, det har du rätt i! Vi får skynda oss,

svarade Jesper medan han bromsade in och stannade.

-Märkligt, vi har väl inte fått in någon anmälan om att det smällt här nyligen? sade Leila medan hon tog fram deras västar från bagageutrymmet.

-Nej, det är förstås lite konstigt. Enda förklaringen jag kommer på är att detonationen inte varit så kraftig, men det är en ren hypotes. Vi får snart reda på vad som har hänt, svarade Jesper och tog täten med sitt vapen skjutklart.

-Fasen, hela hennes lägenhetsdörr är ju sönderfläkt! Är verkligen alla hennes grannar iväg på sina arbeten, eller varför har ingen ringt oss? undrade Leila.

-Det är ju inte helt otroligt att det är så. Har ingen vistats i huset när det small, är det nog ingen som reagerat. Utanför har nog bara en dov knall hörts, kan jag tänka mig. I den här blåsten är det inte heller osannolikt att ett fönster som står lite på glänt blåser sönder och det är knappast heller något man kontaktar polisen för, förklarade hennes chef medan de försiktigt gick in hos Linn.

-Vi kommer från polisen, är du här Linn? ropade Leila när de kom innanför tröskeln.

-Jag ligger här inne, vad är det som har hänt? hördes en omtöcknad röst svara från badrummet.

-Det verkar som om någon utfört en sprängning här. Är du oskadd och vet du om det fanns fler personer hos dig vid detonationen? frågade hon medan Jesper såg sig om i den urblåsta lägenheten.

-Min katt! Ser ni den någonstans? frågade Linn när hon kom ut från badrummet med blod rinnande från sin panna.

-Du måste slagit i någonting vid smällen. Sätt dig ner så ska jag förbinda såret, befallde Leila.

-Jag hade nog ändå en jäkla tur som var i badrummet vid detonationen. När jag borstat tänderna efter att ha ätit lunch, hörde jag att det kom något i brevinkastet. Det förvånade mig lite, för det låg post på hallmattan redan när jag kom hem för att äta. Men visst, det händer ju att brev hamnar fel och att någon granne fått grejer man själv skulle haft, fortsatte Linn.

-Det var min första tanke, att det var någon form av brevbomb. Just skadorna på fönstret och din dörr talar för att det bildats en rejäl tryckvåg i din lägenhet, när det small. Jag vill påstå att just att du befann dig där du gjorde, med all säkerhet räddade ditt liv, sade Jesper samtidigt som han granskade skadan på Linns panna.

-Det här är bara ytligt och förmodligen för att dörren slagit emot ditt huvud lite. Den största smällen har nog dörrkarmen som väl är tagit, förklarade Leila medan hon plåstrade om henne.

-Jag fick en idè, men det är väl bäst att jag förankrar den hos höjdarna i polishuset först bara, berättade deras chef och tog fram sin mobiltelefon och gick iväg lite.

-Hur tänker du, ska vi ta med Linn till stationen? för här kan hon ju inte stanna. Tyvärr förstod jag inte vad du pratade med cheferna om, sade Leila undrande när Jesper tryckt på röd lur.

-Nej för tusan, nu gör vi så här! Ropa på den öppna linjen att vi hittat en person här som är svårt skadad, så de måste skicka en ambulans omgående, beordrade deras chef.

-Jaha, jag hänger inte med alls, men visst kan jag

ordna det, svarade Leila förvånat.

-Jag förklarar senare, har du någon första hjälpen kudde i badrummet Linn? frågade Jesper.

-Ja, det har jag. Den ligger i skåpet under handfatet, förklarade hon.

-Bra, då ska vi se till att bylta på dig lite extra förband över hela huvudet och armarna med om det räcker. Resten av din kropp går nog att skyla med en filt, fortsatte han.

-Jag tror att jag förstår, du tänker försöka locka fram gärningsmannen till sjukhuset, där han räknar med att kunna fullända sin handling, sade Leila.

-Ungefär så har jag tänkt mig. Istället för att hitta Linn på en sal där, ska han mötas av våra medarbetare som förhoppningsvis ska kunna gripa aset, förklarade Jesper och log.

-Det borde kunna gå vägen. Frågan är sedan bara var jag ska befinna mig tills han grips? frågade Linn.

-Du får vistas på kontoret med inre tjänst tills vidare. På din fritid får du tillgång till en av lägenheterna på högsta våningen i polishuset, förklarade han samtidigt som ambulansen anlände.

-Jag försöker få hit kriminaltekniska omgående, sade Leila.

-Perfekt, de kanske kan ge oss svar på om samma tillvägagångssätt använts tidigare någonstans, berättade han medan Linn lade sig på båren.

-Se till att hon körs i ilfart till lasarettet, även om hon bara är obetydligt skadad. Ni får dessutom inte nämna något om den här transporten till någon, för det kan äventyra hennes liv, förklarade Leila för ambulanspersonalen.

-Vi förstår och vi kommer absolut vara tysta om det här, svarade en av dem.

-Kriminaltekniker Nilsson är visst redan på ingång, det var över förväntan. Han måste varit i närheten när han kallades hit. Då kan vi ta bilen och åka härifrån, förklarade Jesper för Leila.

-Jag kommer, det är bara en sak jag undrar, viskade hon så att bara hennes chef kunde höra det.

-Vad gäller det? frågade han när de var på väg ned för trappan.

-Vi har inte nämnt något till Linn om att vi lade en jacka över hennes söndersprängda katt, anser du inte att vi ska göra det än? undrade hon.

-Nej, jag tycker inte att vi tar det nu. Risken för att hon blir uppriven och helt förstörd är uppenbar och det kan äventyra vår manöver att få tag på förövaren till sprängningen här, förklarade Jesper.

- - - - -

På lunchrasten skyndade sig Scotten hem för att först och främst hinna gå ut med Henrik, men han ville även söka bland nyheterna för att se om det stod något om Pecka Lindströms död. Förhoppningsvis hade polisen trott att Pecka på något sätt tagit livet av sig själv. Detta genom en överdos eller kanske att han råkat ge sig själv en injektion med bara luft, resonerade Scotten när han inte såg något bland rubrikerna.

Att gå med mobiltelefonen och läsa samtidigt som Henrik drog iväg, var inte alldeles enkelt. I parken där de hittat Pecka hade Scotten förväntat sig avspärrningar och en del stearinljus, men inget fanns där som ens antydde att där nyligen legat ett lik. När han slängde påsen med det Henrik producerat i den nyligen tömda papperskorgen, ringde Ludvig honom.

-Tjena, är du inte hemma och öppnar, beror det på att du är ute och rastar hunden? frågade han.

-Jo, jag är nere i parken en sväng. Hur kommer det sig att du är hos oss så här dags? undrade Scotten.

-Jag tänkte att jag lika gärna kunde värma mina piroger i er mikrovågsugn istället för att fixa det på jobbet, för jag har en sak med mig som du säkert vill se, fortsatte han.

-Det går fint, bra att du har med dig egen mat. Vi är på väg tillbaka och är hos dig inom två minuter, upplyste Scotten om.

-Ser du något speciellt som jag har på mig? frågade Ludvig när de kom upp för sista trappan.

-Tja, det jag ser direkt är att du har ett armbandsur på dig, vilket inte är likt dig, svarade Scotten och låste upp.

-Visst är det en klocka, men inte vilken som helst, berättade Ludvig och sträckte fram sin arm.

-Jag ser knappt, för mina ögon rinner så förbannat på grund av blåsten och kylan ute, men jag tycker att det står Durex i den. Inte visste jag att de tillverkade armbandsur, sade Scotten medan han tog av kopplet på Henrik.

-Din blinde fan, ser du inte att det står Rolex! Nu får du skaffa vit käpp också, för ledarhund har du ju redan! fräste Ludvig irriterat.

-Hehe, nu när du säger det så kan det nog stämma. Har du blivit en sådan där lyxglidare som halkar runt på en räkmacka, så får du nog byta din övriga outfit totalt med, fortsatte Scotten och garvade.

-En äkta sådan här kostar över hundra tusen, så som du kanske förstår så är det här en kopia. Men personen jag fick den av, sade att den var väldigt lik originalet, berättade Ludvig medan han lade in sina piroger i mikron.

-Jaha, vad det betalning för en kabelsnutt eller något liknande? undrade Scotten medan han tog fram bestick.

-Nej för tusan! Jag lagade hans hemmabiosystem och när han skulle swisha över betalningen så gick det inte, för den tjänsten låg tydligen nere. Både han och jag ville få affären ur världen och när han erbjöd den här så klippte jag till direkt, berättade Ludvig stolt.

-Huvudsaken är ju att du är nöjd och det verkar du vara. Har du kontrollerat så att den går rätt? frågade Scotten medan han fyllde på matskålarna till Henrik och Knasen.

-Där har vi ett litet problem, men jag tycker inte att det gör något. Rolexen går två minuter före min mobiltelefons klocka, men det kan ju vara alldeles förträffligt! Tack vare det så borde jag ju inte komma ett par minuter för sent jämt, vilket annars faktiskt är typiskt mig, sade Ludvig mellan tuggorna.

-Det har du fullständigt rätt i! På tal om att komma i tid, så behöver jag sticka om exakt åtta minuter för att hinna tillbaka till Allsvets AB, berättade Scotten.

-Då hinner vi ju inte med kaffe och några av Lisas muffinsar nu, men det kanske vi kan ta ikväll, spekulerade Ludvig.

-Om du hinner i eftermiddag, kanske du kan ta med vår DVD och laga den tills ikväll då. Det står på displayen att något behöver rengöras i den, föreslog Scotten.

-Jag hämtar den i TV-rummet direkt, annars är väl risken

stor att du glömmer ge mig den. Det där fixar jag på jobbet, det tar bara några minuter, svarade Ludvig och reste sig från matbordet.

-Perfekt! Det är inte säkert att vi tittar på någon film före helgen, men det är så tråkigt att ha sådant där ogjort. Jag är färdig att sticka nu, kommer du? undrade Scotten.

-Jag är klar, ska bara få på mig dojorna så kan vi dra, svarade Ludvig.

-Glöm inte att fixa DVD:n tills ikväll då, påminde Scotten när de kom ner på trottoaren.

Till svar gav bara Ludvig ett brett leende, innan han satte sig i sin nyanskaffade jobbarbil.

En titt på klockan i bilen visade att det var precis att Scotten skulle hinna tillbaka till sitt jobb, för att inte komma för sent. Bossen skulle nog inte säga så mycket om det bara hände någon enstaka gång, men det var ändå en stor grej för Scotten att passa tiden, i alla lägen. Med en minut till godo, drog han på sig sina arbetskläder och kikade på arbetsschemat vad han skulle göra. Från att ha svetsat mesta tiden hittills i veckan, gällde det nu att ställa sig vid svarven. De här skiftena i arbetsuppgifterna gillade han, för därmed kändes aldrig något speciellt monotont och enformigt. Scotten kunde knappt begripa hur fort eftermiddagen gått, när plötsligt signalen ljöd som talade om att det var dags att sluta för dagen. Väl hemma igen, kom tankarna på Lindström upp, när han och Henrik skulle ta en promenad. På arbetet hade det effektivt trängts bort, för minsta misstag vid svarven kunde lätt leda till att han skadade sig eller körde sönder materialet han höll på med. Men nu fanns tid att tänka på Pecka, när det var invanda sysslor som skulle utföras. Det allra bästa hade varit om han aldrig stött på honom häromkvällen, men det gick förstås inte att ändra på. Som nummer två på önskelistan fanns att hela historien om hans möte med Lindström, totalt skulle suddas bort ur minnet, för evigt.

När han och Henrik var på väg hem igen, såg han Lisa och Ludvig komma gående.

-Hej älskling! Jag berättade för Ludvig att mina muffins tog slut igår, så han fick sticka in och köpa lite gott fikabröd att ta med till oss, sade hon och skrattade.

-Det lät som en god idè! Har du hunnit rengöra vår DVD? frågade Scotten och höll upp ytterdörren.

-Klart att det är ordnat! Jag har också visat Lisa min klocka och hon tyckte den var jättefin, fortsatte Ludvig stolt.

-Det sade hon nog bara för att vara snäll, svarade Scotten och garvade.

- - - - -

Kapitel 6

-Typiskt, nu är det något nöt som tagit vår parkeringsplats! Trots att det står att det endast är polisens bilar som får stå här. Det är så jag blir sugen att skriva ut en bot, sade Leila frustrerat.

-Vänta lite med det, antagligen är det förstärkningen från Norrköping som redan anlänt. Turligt nog hade de en kurs här idag. Jag har bett dem att agera som en mottagningskommitè på sjukhuset när förhoppningsvis Albert Jacobsson dyker upp, förklarade Jesper.

-Tror du det? Men inte åker väl de i en gammal skåpbil som tydligen tillhört en rörfirma tidigare, för det syns ju fast de dragit bort texten, konstaterade Leila undrande.

-Det är senaste tricket från polisväsendet, att smälta in så mycket det går för att undvika uppmärksamhet. Om det är som jag förmodar, så ska vi se till att Linn får åka i den där hit till stationen omgående, förklarade hennes chef.

-Ja, det är klart att det vore förträffligt, svarade hon samtidigt som en annan ruta blev ledig.

-Är det de från Norrköping, så skickar jag iväg dem till lasarettet direkt. Sedan är det absolut hög tid för fika, förklarade han.

-Ja, jösses vad tiden sprungit iväg fort! Sedan är det väl bara ett börja skriva en rapport för att dokumentera dagens händelser innan vi får gå hem, svarade Leila.

-Så får det bli. Faktum är att det hamnar på tre timmars övertid innan vi kommer härifrån, men det får vi nog ta ut i pengar, konstaterade Jesper.

-I vilket fall som helst så var det otroligt skönt att inte Linn blev svårt skadad i dag, snacka om änglavakt! sade hon innan en halv mandelkubb åkte in i munnen.

-Precis, det var helt klart viktigast. Med lite tur griper vi förövaren snart med, skall du se. Jag vill att du kontaktar din murvel, förlåt, din pojkvän och ber honom skriva i tidningen på nätet att en person förts till sjukhuset idag för sina skador. Hur hon fått dem kan inte redogöras för i nuläget på grund av utredningstekniska skäl, fortsatte Jesper.

-Ja, det kanske jag kan lösa. Först tänkte jag att det inte var riktigt sant, för vi delger ju inte alla fakta vi har. Men ingen kan påstå att det är en ren lögn heller, för vi undanhåller bara delar som är viktiga att de inte kommer ut än. Det borde locka fram Jacobsson kan man tycka, svarade hon och tog fram sin mobiltelefon.

-Lysande, se som sagt till att det syns på nätet snarast möjligt och att det inte är låst för prenumeranter. Säger han att tidningen inte tjänar några pengar på att göra så, kan du framhålla att det är ett gripande nära förestående och att blaskan blir kontaktade med en gång och får ensamrätt på nyheten. På något sätt får du framhålla att det är ytterst viktigt att vi får hjälp med detta, för det var ju inget annat än ett mordförsök som skedde idag på Linn. Det finns all anledning att anta, att gärningsmannen kommer försöka tills han lyckas eller förhoppningsvis grips, förklarade Jesper.

-Du kan vara lugn, Petter skriver ihop något som blir bra. Jag ska se till att vi får läsa korrekturet innan det läggs ut som vanligt, svarade hon medan signalerna gick fram.

-Jag börjar skriva rapporten så länge, sade Jesper

53

och ställde bort sin urdruckna mugg.

-Jag kommer så fort det här är ordnat. Ska du inte ha en kubb till? Jag tänker nämligen se till att få i mig några stycken för att inte drabbas av hungersnöd, sade Leila undrande.

-Nej tack, jag är redan nöjd så du kan ta min ranson med, svarade Jesper.

-Då gör jag så, sade hon samtidigt som Petter svarade. Några minuter senare anslöt hon till sin chef, dock med en halv kubb kvar i sin mun.

-Hur gick det, skulle han fixa till en artikel? frågade Jesper.

-Inga problem, han hade visserligen redan kommit hem, men han lovade att ordna något direkt. Inom tio minuter kan vi räkna med att få ett korrektur att läsa. Är det okej, ger vi honom tummen upp, så är det publicerat inom en halvtimme, svarade hon samtidigt som det emellanåt sprutade ut en och annan brödsmula.

-Jag tror att jag uppfattade det mesta av det du sade, trots att du sluddrar som ett fyllo. Jag har smetat ihop en rapport nu så höjdarna inom polisväsendet blir nöjda. Linn transporteras visst hit nu i rörmokarbilen, fick jag uppgifter om. När hon kommit hit och fått nycklarna till sitt boende längst upp i den här kåken, ger vi oss för idag, sade Jesper och stängde ner sin dator.

-Det låter härligt, du tror inte att Linn behöver något extra beskydd där hon ska bo nu? undrade hon.

-Nej, jag tycker inte det av den enkla anledningen att det i rimlighetens namn inte borde vara en käft utanför huset som vet var hon befinner sig, förklarade hennes chef.

-Det har du rätt i. Vi får bara hoppas att det inte finns

någon läcka i kåken, svarade Leila fundersamt.

-Det är klart, att det har vi inte garderat oss för. På samma gång är det väl vansinnigt och dumdristigt av den personen i så fall, för en sådan sak kommer ju förr eller senare fram vem det är, sade Jesper samtidigt som han fick ett extra veck i pannan.

-Vi vet ju inte om någon blivit hotad eller mutad med en stor summa pengar för att tala om var Linn är någonstans. Rent krasst skulle säkert Albert försöka köpa oss, visserligen dyrt men ändå, för att tala om var hon befinner sig inatt, om det framkommer att Linn inte är på lasarettet, spekulerade Leila.

-Hypotetiskt har du ju helt rätt, men om han ger sig på något sådant riskerar han ju verkligen att hamna i fällan själv. Som sagt, vi får lita på min intuition att aset slår till mot sjukhuset och då får sitt livs överraskning när kommitèn möter honom, svarade Jesper och reste sig upp.

-Du har säkert fullständigt rätt i din analys, jag kände bara att jag ville ventilera det som plötsligt kom upp i min hjärna, förklarade hon.

-Det är sådana här saker som gör dig till den bästa medarbetare man kan tänkas ha! Just att du vågar ifrågasätta beslut och ofta komma med egna tankar och värderingar. Det gör att vi på de grunder vi har, alltid fattar de bästa besluten, fortsatte Jesper och klappade henne rejält på axeln.

-Jag tror att just det är förutsättningen för att vi ska nå framgång i vårt arbete, svarade hon och knöt sin halsduk.

-Precis! Det finns sällan utrymme för misstag i den

här branschen. Flera hjärnor tänker bättre än en, sade Jesper och släckte de surrande lysrörslamporna i taket.

-Det få bli slutorden för idag, är det klockan sju imorgon bitti som gäller? frågade Leila.

-Ja, och då hoppas vi att våra kollegor fångat den fula fisken i nätet, svarade hennes chef medan han tände sin cykelbelysning.

-Ja, det är vad jag både tror och hoppas med. Hej då! sade Leila samtidigt som Jesper trampade iväg.

Till svar sträckte han upp sin hand och vinkade, typ som tack för idag, tänkte hon.

Precis när hon kommit innanför dörren hemma, hörde hon mikrovågsugnen pingla till att något var färdigt.

-Hej sötnos, jag såg när du kom cyklande, så jag värmde på en bit pizza. Hoppas du är hungrig, sade Petter medan hon tog av sig sina skor.

-Älskling, du är underbar! Som du vet, jag tackar aldrig nej till en matbit, man vet aldrig när man får äta nästa gång, svarade Leila och kände hur det vattnades i munnen.

- - - - -

Bara en liten stund efter att Ludvig hade gått, hamnade de i sin dubbelsäng och älskade med varandra. Det var inte på något sätt något som någon av dem planerat, utan det hade skett helt spontant efter att de bara suttit och pratat lite.

Plötsligt hörde de att något skrapade mot ytterdörren, så båda höll andan för att bättre kunna förstå vad det rörde sig om.

-Fasen, det måste vara någon utanför vår dörr, du får gå och kolla vad det är! viskade Lisa nervöst.

-Jag är redan på väg, vill bara ha med mig en sak först, sade Scotten och tog fram sin stilett ur fickan på sina jeans, som låg slängda på golvet.

-Ska jag ringa polisen? jag menar, du får inte öppna om du inte ser säkert att det är någon vi känner och som behöver hjälp, fortsatte Lisa medan hennes hjärta pumpade på för fullt.

-Vänta med snuten tills jag kontrollerat. Jag säger till om det är aktuellt att kontakta dem, svarade han. Tankarna snurrade i hans hjärna, vem tusan kunde det vara som krafsade på deras lägenhetsdörr? Var det möjligen någon som sett honom i parken häromdagen, eller var det någon som han tidigare besvärat eller förargat? Möjligheten att det var någon som var i behov av hjälp suddades snabbt bort, för den personen borde rimligtvis knackat eller ringt på, spekulerade Scotten medan han närmade sig dörren.

-Är det någon där? frågade Lisa som smugit med endast ett par meter efter honom.

-Det låter som om krafsandet håller på, ljudet kommer långt nerifrån på dörren. Du bör inte vara i närheten om jag öppnar, så se till att stanna här! befallde han och tittade med bestämd blick på henne.

Utan att svara nickade hon sakta jakande, för i det här läget visste hon att hennes pojkvän menade allvar.

Sekunden senare såg båda hur handtaget trycktes nedåt och Scotten rusade snabbt fram för att om möjligt försöka se något i titthålet.

Trapphuset var dock helt nedsläckt, så han såg inget.

-Hjälp mig, jag har blivit rånad, hördes en viskande röst utanför.

-Vid alla blåsvedda jävlar, är det du Ludvig?! skrek Scotten som genast känt igen rösten.

-De snodde min mobil och klocka! Hade jag haft en pistol så hade jag skjutit dem! fick Ludvig fram innan han svimmade på hallgolvet.

-Lisa, ring ett ett två och säg att det är akut! De som har gjort det här mot min polare, har sina dagar räknade! fortsatte Scotten samtidigt som han kollade så att Ludvig hade puls.

-De skickar en ambulans direkt, är det bara vid munnen han blöder, eller är det någon annanstans med? frågade hon och kom rusande med första förband.

-Jag vet inte, men helt klart är att han fått duktigt med stryk. Det blir synd om de jävl..

-Fokusera istället på nuläget! Jag ser att han andas, så du kan sticka ner och möta ambulansfolket, för jag hör att de närmar sig, avbröt Lisa honom med att säga.

-Du har rätt, jag rusar ner och öppnar! sade Scotten och reste sig upp.

-Visst är läget speciellt, men det skadar nog inte om du får på dig ett par kalsonger innan du sticker, förklarade hon.

-Tack för att du påminde mig. Måste vi larma snuten med? frågade Scotten när han var på väg ut ur lägenheten.

-Nej, det är redan ordnat, jag bad om det när jag ringde förut. Vad jag kan se blöder han inte någon annanstans utvändigt i alla fall. Hur det är med invärtes blödningar har jag ju ingen aning om, sade Lisa medan Scotten rusade ned för trapporna.

Detta var inget som Scotten uppfattade, för han var

redan för långt därifrån.

Under tiden Ludvig lades på en bår, drog de snabbt på sig kläder för att snarast också bege sig till lasarettet.

-Ludvig kommer röntgas för att vi ska kunna se om några ben är brutna. Vi befarar att minst ett revben är av, för det har blivit ett rejält blåmärke just där. Det i sig är inte livshotande så länge inte en benpipa sticker hål på lungan, förklarade en läkare så fort de kommit in.

-Håll oss underrättade när ni vet mer. Vi befinner oss i väntrummet här tills han kan snacka själv igen, förklarade Scotten med bestämd röst.

-Som väl är verkar hjärtat vara intakt, men som jag antydde, är en lunga punkterad eller om det finns inre blödningar så kan det vara fara för hans liv. Vet ni någon närmast anhörig som bör informeras? fortsatte läkaren.

-Den jag tänker på först är min tvillingsyster, som också är hans flickvän. Även hans syster Leila som för övrigt är polis, bör nog underrättas. Jag ordnar det direkt sade Scotten och plockade fram sin mobiltelefon.

-Fy tusan, vad livet kan ändras på nolltid. Nyss kändes livet som om det var helt på topp, men nu är det mesta bara skit. Ingen vet ju ens om Ludvig överlever det här, sade Lisa tyst gråtande för sig själv medan Scotten ringde.

- - - - -

Leila hade satt i system att varje kväll innan hon skulle sova, gå igenom dagen som varit. På det viset fanns det dels möjlighet att boosta sitt ego lite, vilket sannerligen kunde behövas. En annan grej som var bra med reflektionen så här i slutet på en dag, var att de saker som hon inte lyckats så väl med, gick det ofta

59

att ta lärdom av och förhoppningsvis prestera bättre vid nästa tillfälle, som en liknande situation uppkom.

Tankar som kom upp just nu hos Leila, var att hon fått en del grovsysslor utförda redan under förmiddagen och ändå hunnit softa med en bra bok innan arbetet. Även på jobbet hade det flutit på bra, tyckte hon. Att få plåstra om och hjälpa en medmänniska som blivit utsatt för ett våldsbrott vägde tungt på plussidan, särskilt som Linn knappast skulle få några men i framtiden, åtminstone inte fysiska.

Precis när Leila slutit sina ögon och börjat fundera på vad som stod på programmet för nästa dag, ringde hennes telefon. Presentatören visade att det var Scottens nummer, vilket Leila kunde se tack vare att hon lagt in det tidigare en gång.

Innan hon hann trycka på grön lur, drog en obehaglig känsla igenom henne, som sade att det var något otäckt som hade hänt! Varför oron sköljt över henne visste hon inte säkert, men det kunde ha lite med att tidpunkten var ganska sen om man inte ringde för något akut och hemskt, spekulerade Leila innan hon svarade.

-Ja, det är Leila. Scotten, har det hänt något? frågade hon.

-Du får komma till sjukhuset direkt, det gäller Ludvig, sade han.

-Vad är det som har hänt och hur är det med honom? frågade hon och blev sittande på sängkanten för att något bättre kunna ta emot ett eventuellt chockbesked.

-Ludvig har blivit överfallen och misshandlad! När han hämtades med ambulans var han medvetslös men andades. Kom med en gång! Jag ska ringa Ebba nu, så jag behöver lägga på, förklarade Scotten och tryckte bort samtalet utan att invänta någon kommentar från Leila.

-Vad är det på gång? undrade Petter som vaknat till av samtalet.

-Min bror har blivit misshandlad! Jag sticker till lasarettet på stubinen, sade Leila och tog på sig sina arbetskläder, för de låg närmast till hands.

-Vill du att jag följer med? frågade han.

-Nej, det är inte nödvändigt. Jag tror det är bättre om jag åker själv, för då tror jag att Scotten kan ge mig lite mer information av vad som hänt. Dig känner han ju knappast, så då blir det nog att han håller tyst om en del, svarade Leila medan hon drog på sig sina kängor.

-Du får hälsa, ring om det är något jag kan hjälpa till med, fortsatte Petter.

-Visst, nu drar jag, svarade Leila och slog igen ytterdörren efter sig. I skallen försökte hon ikläda sig sin yrkemässiga roll. Lik förbannat svallade hennes egna känslor över och hon hatade att samhället tydligen var på väg i helt fel riktning. Det var ju fruktansvärt! Skulle man inte ens kunna bo i lilla Nyköping utan att bli nedslagen och misshandlad?

På väg ner för trapporrna, tänkte hon på om det var läge att kontakta sin chef. Risken var att hon själv skulle tappa kontrollen och inte kunde sköta allt professionellt, om det visade sig att Ludvig var svårt skadad eller i värst fall rent av död när hon kom fram. Efter lite velande lät hon dock bli. Märkte hon att det krisade, fick hon ringa honom då, kom hon fram till.

-Vet ni något mer? undrade Leila när hon kom fram.

-Det enda jag hört är att de röntgar honom nu och att de lovat återkomma när de sett vad den visar, svarade Scotten medan han kramade om Lisa som var otröstlig.

-Är din syster Ebba informerad också? frågade Leila när hon satt sig bredvid dem.

-Ja, jag ringde henne direkt efter att jag pratat med dig. Hon blev helt förkrossad och ville hit omgående, men det är knappt några förbindelser från Norrköping så här dags. Det har dock löst sig, farsan är på väg härifrån för att hämta henne, förklarade Scotten.

-Ja, så bra att hon får hjälp med att komma hit. Vet du något om hur det gick till när Ludvig blev misshandlad? frågade hon.

-Ludvig hade varit och fikat hos oss. En timme efter att han gått, hörde vi något utanför vår dörr. Det visade sig vara Ludvig. Han var så slut att han måste ha krupit ända tillbaka till oss, på grund av sina skador. Det enda han fick fram innan han svimmade, var att han blivit bestulen på sin mobiltelefon och klocka. Uret var en kopia av en Rolex, men jag vet inte om de som slog ner honom trodde att den var äkta, förklarade Scotten.

-Det låter inte helt otroligt att det är som du säger. På Östermalm härjar en liga som inriktat sig på att stjäla sådana ur. Det är fullt tänkbart att företeelsen spridit sig, svarade Leila och suckade tungt.

Minuterna bara släpade sig fram, men det fanns ingen annan utväg än att bara vänta, tänkte hon och tittade ner i golvet.

- - - - -

Kapitel 7

-Godmorgon Linn! Riktigt skönt att se att du verkar ha återhämtat dig så bra. Jag förutsätter att du känner dig redo för att jobba, annars hade du väl sjukskrivit dig, sade Jesper när han såg att Linn redan var på plats.

-Morrn, chefen! Jo tack, efter omständigheterna mår jag rätt okej, det enda är egentligen att det liksom ringer i mina öron. Läkaren sade att det nog berodde på att detonationen var rätt kraftig, men han antog att det skulle försvinna de närmaste dagarna, svarade Linn.

-Lägenheten du disponerar, verkar den tillfredsställande med? fortsatte han medan han hängde av sig sina ytterkläder.

-Den behåller jag gärna, dels är den ju i bra skick och betydligt större än den jag var van vid. Dessutom är utsikten över hamnen fenomenal! förklarade hon.

-Härligt att du trivs! Du kan räkna med att bo där tills vi gripit attentatsmannen. Vi har visserligen inga bevis i nuläget för att det är Albert som utfört dådet, men det är ändå väldigt mycket som tyder på det. Var tusan håller Leila hus, vet du om hon hört av sig? frågade Jesper.

-Nej, jag har varit här en halvtimme och under den tiden har hon inte ringt. Men hon började väl inte förrän för tio minuter sedan? Det är kanske möjligt att hon är på väg, spekulerade Linn.

-Jag har aldrig varit med om att hon försovit sig eller glömt sjukskriva sig någonsin. Enda gångerna hon kommit precis, har då berott på att det varit motvind eller isgata, förklarade Jesper.

63

-Jag ringer henne med en gång så får vi veta varför hon inte är här, sade Linn och knappade in hennes nummer.

-Jäklar, jag försov mig visst. Sedan elva i går kväll har jag suttit på sjukhuset för min bror har blivit misshandlad, svarade Leila.

-Så hemskt! Hur är det med honom? frågade Linn.

-Det verkar som att det gått ganska bra med honom, för röntgen visade att inte något var brutet. Däremot är en tand avslagen och han har blåmärken över hela kroppen efter att ha blivit slagen och sparkad, fortsatte Leila.

-Jag blir så förbannad när jag hör sådant här! Var det helt oprovocerat? undrade Linn upprivet.

-Antagligen trodde de att han hade en äkta Rolex på sig. När han inte lämnade ifrån sig den direkt, så gav de sig på honom för fullt, sade Leila.

-Okej, de kanske hade haft koll på honom då. Har han själv kunnat berätta om han kände igen dem, så han vet vilka det var? frågade Linn.

-Jag pratade med Ludvig lite för ett par timmar sedan, men då sade han att de var helt okända för honom. Det kan ju hända att minnet klarnar vartefter, men det finns ju inga garantier för det. Jag vet inte om skiftet som jobbat natt gjort några framsteg i utredningen, sedan Lisa ringde in en anmälan inatt, fortsatte Leila.

-Det är en sak vi får kolla upp. Hur tänker du kring jobbet idag, kommer du hit snart eller behöver du vara kvar hos Ludvig? frågade Linn.

-Jag är hos er inom en halvtimme, för nu vet vi att hans skador lyckligtvis inte är livshotande, svarade Leila innan samtalet avslutades.

-Jag förstod på ert samtal att Leila är på väg hit. Känner hon sig helt slut efter natten, är det lika bra att hon tar några timmar kompensationsledigt, sade Jesper.

-Vi får se när hon kommer, det var mest i början som hon verkade trött, sedan lät hon som vanligt, svarade Linn.

-Jag hämtar kaffe, för det känns som att det behövs för att starta riktigt idag. Ska jag ta med en mugg till dig? frågade hennes chef och reste på sig.

-Ja tack, det vore snällt. Har du hunnit titta på vad som framkommit under natten beträffande Albert? undrade hon.

-Det får bli kaffe först, för min dator är lite seg på morgonen och har inte riktigt vaknat än. Vi kan titta på det gemensamt när jag hämtat var sin mugg, berättade han.

Sakta med kaffe ända upp till kanterna, balanserade Jesper tillbaka mot kontoret lite senare. Precis när han gett Linn en mugg, stegade Leila in.

-Morrn, Leila! Tråkigt det som hänt med din bror. Orkar du arbeta idag, eller är det läge för att ta fritt några timmar? frågade han.

-Godmorgon, ursäkta att jag kommer för sent. Får jag bara i mig ett par baljor kaffe med, så pallar jag nog. Möjligt att jag känner annorlunda framåt lunch, men nu vill jag se vad som står på agendan idag. Först ska jag som sagt bara hämta kaffe till mig med, förklarade Leila och stack iväg.

Fem minuter senare, när hon anslöt till dem igen, avslutade Jesper ett telefonsamtal som hon antog var viktigt på grund av att han stod upp och pratade, vilket han aldrig brukade göra annars.

-Nu ska ni få höra, här händer det grejer! Våra kollegor från Norrköping har just gripit Jacobsson! Det var tydligen inte helt odramatiskt, för han hade visst försökt övermanna en sjuksköterska för att få tillgång till hans vita kläder. Antagligen för att på så vis lättare komma i kontakt med den han sökte. Turligt nog blev Albert redan då övermannad, innan någon kom till skada, förklarade deras chef.

-Det innebär att Albert snart är här så att han kan förhöras, eller hur? spekulerade Leila.

-På första punkten har du rätt, men med all säkerhet så är han nog en så pass slipad typ, att han inte kommer öppna käften innan hans advokat infunnit sig. Det vi får inrikta oss på är att tala om vad han är misstänkt för, sade Jesper.

-Är det några provsvar tillgängliga från sprängningen igår som kan binda honom till den? undrade Linn.

-Nej, det är nog lite för tidigt. Jag blir tyvärr inte förvånad om det inte finns ett enda spår som visar att Albert är den skyldige till det brottet. Däremot kanske vi kan hålla honom som skyldig till dråp alternativt mord, på ungdomarna som hittades döda nyligen. Allt tyder på att han förmedlat de alltför starka varorna till dem. Dessutom borde vi kunna binda honom till mordet på hans arbetskollega på bilvårdsfirman, genom katthåret som matchade, förklarade han.

-Ja, och sedan får vi inte förglömma att han misshandlat och hotat Linn. Hon är ju ett av de få levande vittnen vi har, tillade Leila.

-Är det helt uteslutet att inte Albert gett Pecka

orena varor eller outspätt heroin också? frågade Linn.

-Det vet vi inte säkert än, men det var inget som obduktionsrapporten pekade på. Enligt kriminaltekniker Nilsson så var det mest troliga att han av misstag skjutit i sig en redan tömd spruta. Men med Alberts tidigare meritlista, skulle det inte förvåna mig direkt om han var inblandad. Om han är det, får vi nog hoppas på att han helt enkelt berättar det själv, för vi har i dagsläget inga bevis på något sådant, berättade Jesper.

-Tja, men det är nog ganska osannolikt att han erkänner det. Dessutom finns det väl inget skäl till varför han skulle ha velat döda en pundare, spekulerade Leila.

-Säg inte det, behövs bara att Pecka sett något han inte borde gjort, så kan det vara ett tillräckligt skäl för Albert att tysta honom, fortsatte han.

-Vem ska göra ett inledande förhör med Albert? Jag ser nämligen att de kör in genom porten därnere nu, sade Leila och nickade ut mot bakgården.

-Det tar du och jag. Under inga omständigheter ska han få reda på att Linn befinner sig här, han kan istället gott tro att hon fortfarande befinner sig på lasarettet. Även om vi har Jacobsson inlåst, får vi räkna med att han genom stämpling försöker ge sig på Linn. Det behövs bara en rutten advokat som glappar med sin trut, förklarade Jesper och satte ifrån sig sin mugg.

- - - - -

-Fasen vad du ser risig ut, Med det där nyllet vinner du inga skönhetstävlingar! utbrast Scotten när Ludvig tittade upp.

-Käften på dig, jag mår som en hundbajspåse! svarade han och log lite, för det gjorde för ont att skratta.

-Skämt åsido, du höll på att skrämma skiten ur oss, så mycket stryk som du fått var du ju nära att dö! fortsatte Scotten och flyttade sin stol lite närmare sjukhussängen.

-Så här i efterhand var det väl inte det listigaste draget jag gjort. Hade jag bara gett dem min klocka och mobiltelefon direkt, kanske jag gått oskadd därifrån, fortsatte Ludvig.

-Det är allltid lätt att vara efterklok, men nu är läget som det är. Vet du om det är några praktiska saker du behöver hjälp med, typ kunder som behöver informeras eller räkningar som måste betalas? undrade Scotten.

-Nej, det ska inte vara något det brinner i. Tack vare att inget var brutet på mig, tror jag att jag kan komma härifrån imorgon. I eftermiddag ska de fixa iordning tanden som blev skadad, förklarade Ludvig.

-Hur blir det med mobiltelefonen de snodde, har du låtit spärra den? Annars är väl risken stor för att de ger dig en jäkla hög räkning, spekulerade Scotten.

-Faktum är att jag faktiskt hade två på mig, dels min vanliga men även den med kontantkort i. Ibland vill man ju ringa anonymt som du nog känner till. När de krävde att få min telefon, fick de givetvis den med kontantkort, svarade Ludvig medan han försökte sig på ett leende igen.

-Ja men det var väl bra i alla fall, för oftast har man ju en massa uppgifter i sin telefon som gör att det blir väldigt jobbigt att plötsligt bli av med den, svarade Scotten.

-Jag vet att jag varit borta några timmar, har det varit någon mer här än syrran och besökt mig? undrade Ludvig.

-Både Lisa och Ebba var här inatt, men de

stack iväg imorse för det var jobb och en tenta som de var tvungna att infinna sig på. De hälsade förstås och hör säkert av sig fram på dagen, fortsatte Scotten.

-Trevligt att höra! Märkligt att man kan få så mycket stryk, att man blir totalt frånkopplad i flera timmar, sade Ludvig och såg fundersam ut.

-Jag vet inte om det är så konstigt egentligen, för med all sannolikhet har de gett dig ett knippe sprutor mot värken. De ger ofta som bieffekt att man slappnar av och bara vill sova, berättade Scotten.

-Det har du nog rätt i. När du säger det, har jag ett svagt minne av att en sköterska nämnt det inatt. Måste inte du till ditt arbete med, eller är du ledig idag? undrade Ludvig.

-Jag ringde bossen vid sju imorse och sade som det var. Han svarade att jag kunde ta ett par timmar kompensationsledigt och börja först vid halvtio efter frukostrasten, förklarade Scotten.

-På tal om frukost så börjar jag bli jäkligt hungrig, men jag vet inte hur det ska gå att äta något utan att det gör för ont, fortsatte Ludvig.

-Du borde inte vara så väldigt hungrig, för du får ju dropp med näring i. Vill du, kan jag ändå prata med någon sköterska om de kan ge dig något flytande, typ fruktsoppa eller så, erbjöd sig Scotten.

-Ja, det skulle sitta fint. Helst med ett rejält sugrör då, för det vore nog enklast, svarade Ludvig.

-Jag ordnar det med en gång, sedan måste jag sticka till Allsvets AB för det är snart dags, förklarade Scotten och reste sig.

-Det gör inget om sörjan är skapligt kall, sade Ludvig.

69

-Märks att du är på bättringsvägen, för nu börjar du ställa en massa krav. Håller du på så där med personalen här, lär de säkert vilja bli av med dig snabbt, svarade Scotten och garvade innan han gick ut i korridoren.

-Jag betalar ju en massa skatt och drar in moms till staten, så då kan de fasen ge mig vad jag vill ha. Om jag inte trodde att det skulle svida som tusan i käften, hade jag gärna tagit en stor fet whiskey med, svarade Ludvig, osäker på om Scotten hörde det.

-Du får nöja dig med nyponsoppa, för det var vad som fanns. Jag fick hämta den själv i ett kylskåp så den är avkyld i alla fall, sade Scotten när han kom tillbaka.

-Men du frågade väl om du fick ta? Det måste väl funnits massor av vitrockar där ute, för hos mig är de ju inte, fortsatte Ludvig undrande.

-Det satt ett knippe i personalrummet och fikade, så jag tog bara det jag behövde. Till mig själv hittade jag ett par färdigbredda smörgåsar och en balja kaffe i en termos, svarade Scotten.

-Du är ju en jäkla bandit, tänk om de slänger ut mig bara för att du snor deras krubb. Det kanske var någons frukostfika du tog, sade Ludvig.

-Den som tar han har, lyder ett ordspråk jag hört någon gång. I det här fallet kanske ingen ens märker att jag snodde med lite, för det kan lika gärna varit sådant som blivit över från förra måltiden. Så jag tänkte, att inget får förfaras, då är det bättre om det kommer till användning, berättade Scotten innan han tog ett stort bett i ena mackan.

-Vi får väl hoppas att du har rätt, annars blir det

synd om mig. Skulle inte du till ditt jobb nu? frågade Ludvig.

-Det är snart läge, men jag ska fika färdigt först. Hur tänker du att vi ska gå till väga med de som slog ner dig, ska vi bara släppa det? frågade Scotten.

-Jag har funderat en hel del på det, men jag har inte utarbetat någon plan i skallen än, svarade Ludvig med sugröret i sin mun.

-Nej det är klart, du har ju haft häcken full ändå nu. Jag hörde när du pratade med din syster Leila, att du inte hade den blekaste aning om vilka det var som överföll dig. Där har vi förstås ett rejält problem till att börja med. Jag menar, hur ska vi få reda på vilka förövarna var? frågade Scotten och smuttade på det fisljumna kaffet.

-Hehe, klart jag inte berättar för en snut, även om det är min syster, att jag i stort sett vet vilka det är. Ska det här ärendet mala på enligt den svenska modellen, så vet man vid det här läget hur det går. Då kommer det sluta med att de får ersättning för tiden de sitter häktade, för helt plötsligt skyller de på varandra och ingen erkänner något. Pengarna de får går aldrig till brottsoffret, mig i det här fallet, utan finansierar istället skit i kubik som de håller på med redan.

-Vet du vad de heter med, menar du? frågade Scotten.

-Nej, riktigt så väl är det inte, men jag lyckades faktiskt ta ett kort på dem när de drog iväg. Möjligt att det blir svårt att se registreringsnumret, men bilmodell och så vidare är i alla fall en bit på väg, svarade Ludvig och lyckades för första gången på länge med att skratta lite.

- - - - -

Kapitel 8

-Det var den mest arroganta typen som jag någonsin träffat på! Hur kan man vara så känslokall att man bara sitter och hånler när vi matar honom med anklagelser som vi har god grund för att han gjort sig skyldig till! undrade Leila när de kom ut från förhörsrummet.

-Du vet att jag förvarnade dig, det här är inte på långa vägar en normal vardagsbrottsling. Albert vet sina rättigheter och ser till att utnyttja dem maximalt. Det mest otäcka i det hela tycker jag ändå är, att han sitter och studerar oss minutiöst hela tiden. Om det är för att få oss ur balans eller kanske försöka hitta svaga punkter hos oss, det vet jag inte, svarade Jesper och suckade.

-Risken är förstås att det knappast blir bättre när han får en advokat bredvid sig. Nu är han i alla fall delgiven vad han är misstänkt för och mycket mer kan vi inte göra, sade hon.

-Det enda för oss är, att se till att vår bevisning inte kan ifrågasättas på någon punkt. Som nämndes tidigare, så är faktiskt Linn enda levande vittnet vi har mot honom. Lyckas vi någonsin få tag i kuratorn som försvann i samband med att vi började förhöra personalen på skolan, kanske han kan styrka våra teorier och därmed peka ut Albert, fortsatte hennes chef.

-Som du antyder så är det ett ganska svagt kort, för kuratorn verkar ha gått fullständigt under jord. Möjligheten finns förstås också, att han flytt utomlands, sade Leila.

-Det kan han ha gjort, eller så har Albert insett

att kuratorn eventuellt kan tänkas vittna mot honom och därmed utfört en likvidation till. Är det på det sättet kanske vi aldrig hittar honom, för det finns många platser att gömma ett lik på, så att det aldrig någonsin dyker upp igen, förklarade Jesper.

-Jag tänker, att vi i första hand får utgå från det material vi redan har. Visst kan vi hoppas att kuratorn kommer fram, men det är ju inget vi kan räkna med, för han har faktiskt varit spårlöst borta i nästan tre veckor nu. Om vi inte kan få fram tillräckligt med bevis mot Albert, kommer han tyvärr snart vara på fri fot igen, sade Leila.

-Exakt och då är vi tillbaka på ruta ett igen, för han lär inte lägga om livsstil och bli jordgubbsplockare över en natt. Spontant tror jag att vi blir tvungna att ta hjälp av Rikskriminalen för att ha en chans att binda Albert till anklagelserna, sade Jesper.

-Det är väl läge att han förs till en cell på Arnö också, för där kan de nog ha honom bättre isolerad från andra, föreslog hon.

-Jag har funderat på det och det är säkert bästa lösningen. I eftermiddag när vi är fler på stationen, får ett par kollegor transportera Albert dit i väntan på om det blir beslut på att vi kan häkta honom, förklarade hennes chef.

-Ja det är klart, i och med att Linn inte ska lämna polishuset så är det bäst att vänta med det tills efter lunch, tillade Leila.

- - - - -

Henrik väntade på hallmattan när Scotten låste upp dörren till deras lägenhet. För att spara lederna på hunden, tog de hissen ned till markplan för att sedan

73

göra en visit i parken som vanligt. När han vände sitt ansikte mot solen, skymtade han den bakom några grenar och en del moln. Att klockan i stort sett var mitt på dagen och att det därmed inte skulle bli ljusare, var allt annat än uppiggande. För att ändå skrapa ihop så mycket solljus som det bara gick, fortsatte han att gå med nosen i vädret. Vad han kunde minnas, skulle det vara bra att se solen varje dag. Väl inne i hissen några minuter senare fnös han åt sina försök nyligen, för inte tusan kunde den lilla splatten ljus vara av speciellt stort värde! När mikron var påsatt, fick Henrik och även Knasen som just vaknat, mat påfyllt i sina skålar. Mellan tuggorna fick Scotten fram sin mobiltelefon och skrev till Ludvig för att höra om läget var okej. Några minuter senare kom ett kort svar där det stod att det var hyggligt, men att en tandläkare snart skulle fixa garnityren. Eftersom Ludvig verkade upptagen, tog han en koll på nätet för att se om det stod något om Pecka nu, men det fanns inget där hans namn nämndes.

Lite före klockan ett, tog han återigen bilen till sin arbetsplats för att utföra sina plikter. Scotten kände att han fick anstränga sig för att kunna fokusera på arbetsuppgifterna. Helt klart började den otillräckliga sömnen under den gångna natten sätta sina spår, tänkte han.

- - - - -

-Hej, jag heter Leila, vi har nog inte setts förut, sade hon och räckte fram sin hand när hon kom in i lunchrummet.
-Tjena! Peter. Jag började här i måndags och kommer

närmast från Stockholm där jag gjorde min praktik, förklarade han och sträckte fram kardan.

-Trevligt, då lär vi ses en del framöver, svarade Leila och tog fram sin form med fiskgratäng från kylen.

-Ja, jag förstod att det skulle bli så när jag såg mitt arbetschema, för i stort sett överlappar mina tider de du har, med runt fyra timmar om dagen, förklarade han.

-Det kan nog stämma att det är på det viset. Är det Ann-Louise du ska arbeta tillsammans med då? för det låter som det är hennes arbetstider du beskriver, fortsatte Leila samtidigt som hennes blick fastnade vid de trådlösa hörlurarna han plockade med.

-Precis, jag ska följa henne tillsvidare. Hon äter alltid mat hemma när hon börjar vid ett, medan jag kommer hit lite tidigare för att göra det här. Jag tycker det är skönt att käka här i lugn och ro, så hinner jag lyssna på musik efter maten innan arbetspasset, berättade han.

-Det låter som en god tanke, på så sätt slipper du ju jäkta hit, om det skulle dyka upp något oförutsett hemma. Jag gör ofta likadant om jag har möjlighet, för i det här jobbet blir det ju inte alltid riktigt som man planerat. Ibland kan det tänkas att man får passa på att äta ute, sade hon medan hon njöt av den goda maten hon haft med sig.

-Vad jag förstod när jag kollade på vad som är på gång i eftermiddag, så ska jag och Ann-Louise transportera en viss Albert Jacobsson till Arnöanstalten. Är det han som strulat runt med allt möjligt här på sistone? frågade Peter.

-Jag kan väl sträcka mig till att säga, att förmodligen har han en sådan meritlista att det är ett krav att man verkligen är på sin vakt när man vistas i närheten av honom. Man kan nästan tro att han är välutbildad eller en riktig fullblodspsykopat, berättade hon.

-Det låter spännade! Ska bli kul att träffa Albert och se vad jag får för intryck av honom, svarade han medan han tryckte in sina earpods i öronen.

-Som sagt, var på din vakt! talade Leila om och gick för att diska ur sin matform.

När hon var klar, gick hon till kontoret där Linn och Jesper redan infunnit sig.

-Vi har fått ett tips från en privatperson i centrum, som möjligtvis kan ha sett Albert sälja droger till skolungdomar under hösten. Han sitter i rullstol och har därav svårt att ta sig hit. Därför sticker Leila och jag dit och hör efter om han kan föra utredningen framåt, förklarade Jesper och tittade på Linn.

-Ja, det passar bra nu när jag inte bör vara utomhus, då kan jag hålla ställningarna här. Hoppas verkligen att vittnet har sett något av värde, svarade Linn.

-Verkligen, om jag förstod personen rätt, så har han suttit med sin kamera och fotograferat affärerna. Jag är inte säker på att en åklagare jublar åt tilltaget, men förhoppningsvis finns det någon liten kvitterfågel med på bilderna! Då kan vi hänvisa till att han är ornitolog och tar kort på allt som kan flyga, fortsatte Jesper.

-Jag förmodar att vi tar bilen, för det regnar för fullt ute ser jag, sade Leila och greppade bilnycklarna.

-Nej för tusan! han bor vid galleri Axet, så dit kan vi promenera! Förresten är det bara lite hög luftfuktighet ute och inget monsunregn som du påstår! Nu sticker vi! sade Jesper hurtigt.

-Du hade visst rätt, det har slutat regna, sade Leila och tittade upp mot skyn när de kom ut.

-Din chef har nästan aldrig fel, svarade han malligt. Tyvärr så hann de dock endast cirka tjugo meter innan regnet stod som spön i backen.

-Kan du vara snäll och repetera det du sade nyss? jag är inte riktigt säker på att jag hörde vad du sade, undrade Leila och började skratta.

-Skitväder som aldrig kan bestämma sig! Jag sticker och hämtar en bil, du kan vänta under taket vid busshållplatsen här så länge, föreslog Jesper.

-Det är smidigare om jag hänger med dig. Bestämde du någon tid när vi skulle komma? frågade hon.

-Nej, inte direkt. Jag sade bara att det blir någon gång mellan ett och eftermiddagsfikat, svarade Jesper medan han småsprang för att inte bli genomblöt.

- - - - -

Ebba var inte nöjd med hur tentan hade gått, trots att hon inte sett resultatet ännu. Fast hon varit lika påläst som vanligt, tyckte hon att frågeställningarna kunnat tydas på flera sätt och därmed hade hon kört fast redan i början. När det bara varit tio minuter kvar, hade hon hälften av frågorna kvar. Det hon presterade sista minuterna var inget annat än rena chansningar, till hundra procent. Orsaken till att det inte gått bra berodde säkert inte bara på frågorna, utan minst lika mycket på att hon inte kunnat koncentrera sig. Ideligen hade tankarna gått till hur det var med hennes kille. Om en stund hoppades Ebba i vart fall få svar på hur det stod till, för hon tänkte skriva med honom på Messenger. Först tänkte hon ringt, men kom på att Ludvig med all säkerhet var halvt sönderslagen i munnen och därmed förmodligen hade jobbigt att prata.

Plötsligt slog det Ebba innan hon börjat skriva, var tusan hade Ludvig uppbringat en Rolex? Henne veterligen kostade en sådan över etthundra tusen kronor, pengar som han aldrig någonsin kunnat skrapa ihop på laglig väg. Om han inte hade en förbaskat bra förklaring till varför han gått och spänt sig med en dyrgrip på armen, skulle han minsann få det hett om öronen, tänkte Ebba.

- - - - -

-Hängskit, det var som tusan vad mycket bönder det var i stan idag! Finns ju inte en enda parkeringsplats ledig i hela centrum! Det hade varit bättre om vi gått istället så hade vi sluppit leta ihjäl oss efter en plats till bilen, konstaterade Jesper medan ansiktsfärgen blev alltmer röd.

-Jag kan hålla med om att det var väldigt köttigt här idag, men det blir ju så när helst hela innerstaden ska vara så bilfri som möjligt. Sådana här dagar när det är skitväder och alla som har bil tar den, då kör det verkligen ihop sig, svarade Leila.

-Nej, nu har jag passerat rullstolsgubbens ingång fyra gånger, så nu får det vara nog! Jag parkerar på trottoaren, för vi är ju här i tjänsteutövning! Kommer det en slappfisa, förlåt lapplisa och smetar dit en bot på rutan, så får myndigheten betala den, utbrast hennes chef bestämt.

-Om du vill kan jag köra tillbaka till stationen annars, så får du förhöra honom själv, föreslog hon.

-Nej, nu blir det som jag har sagt! Där framme är

väl förresten våra kollegor som ska köra Albert till Arnöanstalten. Konstigt val av färdväg när de ska åka dit, såvida de inte tänker mellanlanda på Systembolaget förstås, fortsatte Jesper och garvade.

-Ja, det var lite märkligt. Jag kanske ska ropa på radion och höra med dem vart de är på väg, föreslog hon.

-Nej, tänk på att det finns en del människor som ägnar hela dagarna åt att sitta och avlyssna vår radiokanal. Avslöjar vi oss själva inom kåren med att vi inte vet vad vi håller på med eller vart vi ska, så ligger det snart ute på Youtube, svarade han och tryckte på bilens stoppknapp.

-Okej, då får det vara. Otroligt vad mycket folk som är inne på Axens köpcenter idag! På ett sätt förstår jag dem, för här slipper de ju bli blöta, konstaterade hon.

-Ja, på så sätt är det ju förträffligt. Visserligen är det en öppen yta mitt i som man kan vara på när det är soligt. Då brukar det vara en samlingsplats för många har jag sett, svarade Jesper.

-Det finns väl hiss upp förstås, men du kanske hellre tar trapporna för att få lite motion, sade Leila och log.

-Så länge jag kan gå obehindrat utan värk, tänker jag utnyttja tillfället att bibehålla min kondition. Det är fler som borde tänka på det, fortsatte Jesper.

-Tänker du på någon speciell? undrade Leila och blängde.

-Nej, inte alls! Det är bara en grej jag har reflekterat över, just att en hel del människor inte skulle ta skada av att röra på sig lite extra, svarade hennes chef.

-Var det längst upp han bodde? frågade Leila samtidigt som de hörde skrik från innergården.

-Vad tusan är på gång? Vi måste kontrollera det först, sade Jesper och tvärstannade i trappan.

-Det lät som om någon är i fara! Vad jag ser, så verkar det som att de springer häråt för att ta skydd eller så, berättade Leila och tog instinktivt fram sin pistol.

-Jag kan få en bättre överblick bakom konstverket här, du duckar där du befinner dig, befallde hennes chef.

-Det sista jag iakttog var att jag såg en person ligga till synes livlös runt tio meter framför oss, ser du? frågade hon.

-Ja, jädrar i det! Ser ut som att det blöder ymnigt från hennes huvud, men jag ser att hon andas! utbrast Jesper.

-Då måste vi fram och hjälpa kvinnan! Kanske bäst du är beredd att skjuta, antagligen har hon blivit jagad eller skrämd av någon, antog Leila.

-Jag är skjutklar, du kan smyga fram. Om möjligt så får du försöka att släpa in henne här i skydd, fortsatte han.

-Jag är från polisen, vad är det som har hänt? frågade Leila.

-Han hade pistol och jag tror att han tänkte skjuta oss, berättade kvinnan med svag röst innan hon svimmade.

-Jag drar med dig en bit så vi kan undersöka vilka skador du fått, sade Leila trots att kvinnan förmodligen inte uppfattade det.

-Ser du om hon är skottskadad, eller varför blöder hon? undrade Jesper som hört deras konversation.

-Jag förmodar att hon snavat och slagit i sitt huvud vid fallet, men jag är inte helt säker, förklarade Leila.

-Ambulans är på väg, jag sade till dem att komma samma väg som vi tog. Vad jag kan se verkar det som om alla tagit skydd för gärningsmannen. Kontrollera om det finns någon som är sjukvårdutbildad bland dem bakom oss, så vi kan förflytta oss framåt, sade Jesper medan han fortsatte att sikta med sin pistol ut mot den öppna platsen.

-Det ser ut som det löser sig snabbt, en läkare och hennes man är redan här några meter ifrån oss och redo att hjälpa till, berättade hon.

-Bra, då fortsätter vi framåt växelvis. När den ene av oss hittat ett bra skydd att gömma sig bakom, är det en nick till den andre som gäller. På så vis blir det säkrast, förklarade Jeper.

-Jag är färdig, typiskt bara att vi inte har på oss våra skottsäkra västar, viskade Leila samtidigt som hon sökte febrilt med blicken några meter framåt, efter en plats där hon senare skulle kunna vara skjutklar, när hennes chef förflyttade sig.

-Det är förstås inte optimalt, men vi måste lösa uppgiften ändå, svarade Jesper.

-Jag har hittat ett bra ställe, men vänta lite för jag tycker att jag ser gärningsmannen genom skyltfönstret där! sade Leila med spänd röst.

-Jag ser också personen, sikta på honom så tar jag mig fram en bit, beordrade Jesper.

- - - - -

81

Kapitel 9

Helt i onödan, konstaterade Ludvig att han oroats för en plågsam stund hos tandläkaren. Tack vare att ytan där tanden gått av var tämligen ren, hade det gått att bygga upp den igen med något material som han inte uppfattat vad det var.

-Det är möjligt att vi får slipa till tanden lite om ett par veckor, men då får du höra av dig, berättade tandläkaren redan efter en kvart då allt var färdigt.

-Underbart, tack så mycket! svarade Ludvig och tog honom i hand.

På väg upp till salen, blev han återigen skjutsad i rullstol, vilket kändes aningen lyxigt. Visst var han fortfarande öm i hela kroppen, men hade de bett honom gå skulle han fixat det. Antagligen inte särsilkt snabbt, men ändå. När han fått hjälp över till sin säng, sköljde tankarna över honom, att han faktiskt varit nära att bli dödad kvällen innan! Hade sparkarna bara tagit lite annorlunda, kunde mycket väl ett revben gått rakt in i hjärtat på honom!

En rejäl tankeställare hade han sannerligen fått och han lovade sig själv att om historien upprepade sig, skulle han genast lämna ifrån sig det rånarna ville ha, för det var absolut inte värt att riskera livet för.

Allt destruktivt som skett sedan han lämnat Scotten och Lisa kvällen innan, malde runt i hjärnan utan någon ljusning. Hur länge han låg så här, visste Ludvig inte, men plötsligt avbröts han av att det kom ett sms. Det var från hans föräldrar, där de skrev att de hoppades att han mådde bättre. Av Leila hade de fått veta vad som hänt, men de hade tyvärr inte möjlighet att besöka honom, för de hade ju flyttat till Finland.

Till svar skrev Ludvig hur det var, typ att han skulle nog snart vara återställd.

När han ändå hade sin mobiltelefon i handen, kom Ludvig på att han gärna ville snacka med Ebba, för det var det enda riktigt positiva han hade att se fram emot. När signalerna började gå fram, hörde han konstigt nog att det ringde ute i korridoren och att ljudet närmade sig. Helt plötsligt såg han Ebba komma in med en stor chokladkartong i handen.

-Hej älskling! Jag köpte inga blommor, för jag tänkte att du hellre vill ha choklad, sade hon.

-Goding! Jag låg och önskade inget hellre än att få prata med dig, och så kliver du bara in här! Härligt att du köpt en ask Paradis, det är min favorit!, svarade han och satte sig upp i sängen.

-Vid närmare eftertanke så är det väl inte så lämpligt att du börjar äta dem nu, för du är väl öm i munnen än, kan jag tro, spekulerade Ebba.

-Snack, jag är nyrekondad i truten och de där bitarna är lättuggade, så det blir inga problem att trycka i sig den där kartongen, förklarade Ludvig samtidigt som han kramade henne.

-Men du får väl mat här så du blir mätt ändå. Ska vi inte spara chokladen tills du kommer hem? fortsatte Ebba retfullt och höll asken bakom sin rygg.

-Sådant där kallas för tortyr! Lärde du dig

ingenting när du gick i söndagsskolan? sade Ludvig och försökte ta kartongen.

-Jag har inga djupare minnen från den tiden, men okej, du ska få den! Dessutom lovar jag att bjuda på något extra gott när du kommer hem, berättade Ebba och skrattade.

-Härligt! Jag förmodar att de skickar hem mig imorgon, men ska du inte tillbaka till skolan förrän på måndag? frågade han.

-Jag hade ju en tenta idag som nog gick så där. Föreläsningen imorgon har blivit flyttad till nästa vecka, så nu är jag hemma tills dess och kan pyssla om dig! svarade Ebba innan hon kysste honom.

- - - - -

-Här borde jag kunna överblicka det mesta, men innan jag sticker upp huvudet, kan du se om personen är på väg hitåt? frågade hennes chef.

-Tusan, han går rakt mot reklamstället. Där bakom har ju en mamma med barnvagn gömt sig! utbrast Leila förfärat.

-Kan du beskriva honom, är han beväpnad? undrade Jesper vidare.

-Ja, han har en pistol i högerhanden! Det verkar som att han knappt ser något, för det rinner för fullt från hans ögon. Dessutom sipprar det blod från personens öron, förklarade hon.

-Ser du om han har handbojor på sig? I så fall måste det vara Albert Jacobsson som på något sätt lyckats fly men blivit skadad! resonerade Jesper.

-Ja, jädrar! Han har handfängsel, men det sitter bara runt vänster handled! Jag vet inte hur, men han måste övermannat våra kollegor! Nu är han framme hos småbarnsmamman om ett par meter! Hör du vad han skriker om? fortsatte hon.

-Jag kan inte uppfatta ett ord. Jag förmodar att han fått pepparspray i ögonen och i sin mun. Dessutom ser jag själv nu, att skadorna på hans öron verkar omfattande, sade Jesper som nu smugit upp och gjort sig beredd att skjuta.

-Vi måste agera nu, han är nästan framme och siktar med sitt vapen rakt mot reklamstället! skrek Leila hysteriskt.

-Stopp eller jag skjuter skarpt! ropade hennes chef högt, dock utan reaktion. Sekunden senare avlossade Jesper sin pistol rakt upp i luften utan att mannen verkade ge upp. Nästa kula satte han i låret, med den påföljden att mannen gick ner i knästående, men fortfarande med sitt vapen i handen. När Jesper såg att gärningsmannen höll pistolen riktad mot Leila, avlossade han ett skott rakt i hjärtat på honom.

Omedelbart signade han ner och stenplattorna kring honom färgades snabbt av allt blod som tömdes ur kroppen.

När Leila försiktigt tittade fram, hoppades hon att gärningsmannens ansikte skulle vara bortvänt. Under alla utbildningar och dessutom av egen erfarenhet, hade hon lärt sig, att just detta var en viktig bit. Risken var annars stor, att man framöver drabbades av alla möjliga traumatiska svårigheter som påverkade både arbete och privatliv. Personen hon för en tid sedan kört ihjäl med sin polisbil, hade med stirrande ögon rakt emot henne skapat minnesbilder i hjärnan som aldrig verkade vilja försvinna.

Något lättad upptäckte hon att mannens ansikte var vänt åt andra hållet.

-Albert är död, jag känner ingen puls på honom, konstaterade Jesper.

-Det är ju fullt förståeligt efter den träffen. Jag känner ända hit att det luktar polisens pepparspray, men hur har han ådragit sig skadorna i sina öron? frågade Leila samtidigt som hon reagerade på kriminalvårdens kläder han hade på sig, då det var något som inte stämde.

-Du får sticka ner och hämta avspärrningsband och kalla på förstärkning, för snart blir det en väldig folksamling här annars. Jag stannar och försöker hålla allmänheten en bit härifrån så länge, förklarade Jesper gripen av att nyligen ha skjutit ihjäl en människa.

-Tusan, kan du tala om för mig varför han har sina byxor bak och fram? Det tyder väl på att de dragits på extremt hastigt, fortsatte Leila medan hon gjorde allt för att fokusera på vad som egentligen hänt.

- - - - -

Efter en rejäl långtradarkyss hörde Ebba steg närma sig bakifrån.

-Det kommer visst någon, det kanske är någon läkare som vill prata med dig, sade hon.

-Eller också är det något as som ska sno min choklad, svarade Ludvig som tyckte sig känna igen ljudet från stegen.

-Ha! Jag kommer tydligen precis lagom, kul att du bjuder på choklad, utbrast Scotten glatt och gick fram och tog en bit.

-Jag hoppas att du har med något till mig du med,

för det är brukligt. Förresten, du har väl ett jobb att sköta, det dröjer väl ett par timmar innan du ska sluta? mumlade Ludvig.

-Bossen gav mig ledigt, för det var ändå en maskin som gick sönder. Ska jag vara riktigt ärlig, så har jag faktiskt med en likadan kartong som du fått av Ebba, men den tar jag nog med mig hem. Det kan aldrig vara nyttigt för dig att smälla i dig alltihop själv, resonerade Scotten.

-Nu får ni sluta jävlas med mig, tänk på att jag är invalid och åkte rullstol bara för en timme sedan! Om jag ska vara med och spela bowling på lördag, så bör jag få dubbla poäng för att jag är handikappad! fortsatte Ludvig och drog kartongen från Scotten.

-Inga problem, du förlorar ändå! Jag förmodar att det gick bra hos tandläkaren, så kartig som du är, antog Scotten.

-Ja, det var lindrigare än jag befarat. Skönt nog så känner jag mig bara lite öm överallt, men det går väl över. Däremot tar det nog ett tag innan blåmärkena försvinner, svarade Ludvig när en läkare plötsligt kom.

-Vi har pratats vid i läkarteamet och beslutat att du får åka hem redan nu, för du klarar ju dig själv, sade han.

-Skickar ni med värktabletter i fall jag behöver dämpa smärtan om den återkommer? frågade Ludvig.

-Det går bra med receptfria preparat, så det löser du själv. Jag tror inte att du får mer ont, men jag sjukskriver dig veckan ut. Det hindrar dock inte att du håller igång med vardagssysslor, fortsatte läkaren att berätta.

Ludvig nickade bara instämmande, innan doktorn lämnade dem.

-Hörde du vad läkaren sade, han tyckte att du

skulle städa, tvätta och laga mat hemma, förtydligade Ebba och skrattade.

-Det sade han säkert bara för att jag inte bjöd honom på choklad, muttrade Ludvig.

- - - - -

-Hans brallor får vi titta närmare på sedan, likaså vad det är för något som stoppats in i hans öron. Någon privatperson måste tydligen ringt och larmat om dramat här, för där kommer några kollegor till oss, sade hennes chef.

-Okej, då kanske vi kan få avlösning här och istället följa hans blodspår. Det syns tydligt att han kommit därifrån, påstod Leila och pekade.

-Rätt tänkt, vi måste utesluta att han hunnit skada någon på väg hit, svarade Jesper och gick några steg för att instruera patrullen.

-Jag går i förväg, är det som du säger, kan det hänga på sekunder om någon behöver akut hjälp, sade hon och reste sig. Det var cirka en halvmeter mellan bloddropparna som bildat ett parallellt spår, eftersom båda hans öron var förstörda. Att gärningsmannen skulle ha åsamkat skadorna själv, verkade helt osannolikt. Mer troligt var att någon annan gjort det. Men varför och på vilket sätt? grunnade hon på medan hon såg att Albert Jacobssons blod syntes vid hissen.

-Tusan, det verkar som gärningsmannen kommit från parkeringsgaraget! Då kan man ju verkligen undra vad som hänt med Ann-Louise och Peter! utbrast Jesper.

-Han kan ju lika gärna kommit från något annat våningsplan, men visst, med tanke på att vi såg patrullbilen åka förbi förut, så kan det vara som du säger, svarade Leila.

-I så fall måste ju Albert övermannat dem efter att han på något sätt kommit ur handbojorna, åtminstone med ena handen, spekulerade hennes chef medan han tryckte på hissknappen.

-Är det på det viset, är jag rädd för att vi hittar två döda kollegor där nere, svarade Leila medan hon ryste.

-Ann-Louise kände jag väl, vi har jobbat ihop några år. Hon var väl inget ess inom branschen, på så sätt att hon sällan tog några egna initiativ. Peter däremot, vet jag knappt vem det är. Möjligt att vi möttes i måndags, men då nickade jag bara till honom för han gick och lyssnade på något i sina trådlösa hörlurar, fortsatte Jesper samtidigt som hissen började sin färd nedåt.

-Jag satt faktiskt och pratade med honom vid lunch och då kom vi in på Albert Jacobsson. Som du vet fick även jag en känsla av att det var en lömsk typ vid förhöret, så jag varnade Peter att inte vara för nonchalant vid transporten till Arnöanstalten, förklarade Leila.

-Hur tog han det, jag menar att du beskrev personen som farlig och oförutsägbar? frågade Jesper.

-Intrycket jag fick, var att han inte tog mina varningar på allvar. Nästan direkt tryckte han igång sin mobiltelefon för att lyssna på musik.

-Jag ska passa på att ringa ledningscentralen och be dem tala om ifall de haft kontakt med Ann-Louise och hennes kollega nyligen, sade Jesper när hissdörren öppnades.

-Ja, gör gärna det. Möjligt att vi dragit helt fel slutsatser även om vi båda tycks tro likadant, svarade hon.

-De har inte fått in någonting från dem sedan de

89

lämnade polisstationen. Hon lovade att direkt kontakta anstalten för att höra om de kommit fram, berättade hennes chef när samtalet var avslutat.

-Som sagt, vi kanske är helt ute och cyklar. Då kan man ju verkligen undra vem som gick runt och viftade med en pistol däruppe, fortsatte hon.

-Hur som helst måste det ju varit någon som flytt från en fångtransport, jag menar, han hade faktiskt både handfängsel och hade även utsatts för pepparspray. Det var absolut inte den vanliga försvarssprayen man kan köpa som privatperson, utan äkta vara, berättade Jesper självsäkert.

-Ja, det är klart. På köpet hade han kriminalvårdens kläder på sig. Det enda jag som sagt funderar på, är varför han hade byxorna bak och fram, svarade hon.

-På grund av att vi inte vet säkert vem eller vilka som transporterats, bör vi försiktigt söka igenom parkeringsgaraget, ifall någon ligger och trycker här. Dra ditt vapen och kika därborta, så går jag åt det här hållet, instruerade Jesper.

Utan att svara, gjorde Leila som anbefallts. Hon undrade varför det alltid skulle vara så förbaskat mörkt i alla parkeringsgarage. Själv hade hon för en tid sedan tappat tre guldtior på en sådan här plats. Trots att hon letat i över fem minuter, lyckades hon bara återfinna två av dem. Successivt kände Leila hur pulsen steg, för hon anade att det när som helst kunde dyka upp någon i mörkret, som lurpassat på henne.

-Kom Leila, jag tror vi har något här! ropade Jesper från andra delen av garaget.

- - - - -

Kapitel 10

-Vitrocken berättade ju att du inte ska ligga här och snylta på landstingets resurser längre. Tar du inte alltför lång tid på dig när dojorna ska på, så kan ni få skjuts av mig, föreslog Scotten.

-Jag tror inte att det är så enkelt. Troligtvis ska vistelsen dokumenteras i något krångligt datasystem med sju lösenord och sedan ska de räkna hur många plåster man fått, för det måste stå på fakturan jag får hemskickad, antog Ludvig.

-De märker att du har schappat och blir säkert bara glada över att bli av med dig, för du har säkert varit en omständig patient. Dessutom kan de få in någon som behöver vården bättre än du, fortsatte Scotten och tog fram hans skor och kläder från ett skåp.

-Efterlyser de mig skyller jag på att du kidnappade mig. Vad tror du Ebba, är det bara att sticka nu, utan att säga till? frågade Ludvig osäkert.

-Jag tycker inte heller att det är något att vänta på. Är det någon vi möter när vi går ut, får du väl bara säga hejdå. Doktorn sade faktiskt att du var färdig här, så gå på det du, svarade Ebba.

-Fasen, man kan tro att ni är släkt, för det verkar som om ni alltid håller ihop, muttrade Ludvig medan han satte sig upp i sängen och drog på sig skorna.

-Hehe, en vacker dag kanske han fattar att vi är tvillingar Ebba, men det lär nog dröja, sade Scotten till henne och skrattade.

-Jag hoppas att du har parkerat bilen nära

91

utgången, annars får du köra fram den till dörren så jag slipper gå för långt i det här skitvädret, sade Ludvig när de närmade sig utgången.

-Du kan vara lugn, för jag ställde bilen på en handikappruta så att du din krympling ska slippa gå. Sitter det en böteslapp på rutan får du ge den till din syrra, för hon är ju snut och kan säkert skriva av den, förklarade Scotten.

-Vi kanske ska stanna på vägen och köpa gofika för att fira Ludvigs snabba tillfrisknande, föreslog Ebba när de satt sig i bilen.

-Behövs absolut inte, bara det finns kaffe hemma hos er. Ludvig har ju en jädra massa choklad som han gärna bjuder på, svarade Scotten snabbt.

- - - - -

-Bilen som de transporterade Albert i står inne i hörnet, men jag har inte varit framme och tittat än, sade Jesper.

-Där framme på högersidan ser jag en större blodpöl, den är väl förmodligen också Albert Jacobssons, antog Leila.

-Låter troligt. Nu tyckte jag precis att det rörde sig inne på förarplatsen! I så fall är minst en av dem vid liv, sade hennes chef och gick sakta fram med draget vapen för att vara beredd om något oväntat inträffade.

-Det är ju Ann-Louise som sitter där, men vad jag kan se har hon munkavel! berättade Leila.

-Ja, dessutom sitter hennes händer fast med hjälp av buntband i ratten. Faktum är att hon nog utsatts för pepparspray också, för ögonen rinner oavbrutet, konstaterade Jesper.

Vi, Jesper och Leila från polisen,

är här för att hjälpa dig, förklarade han medan Leila knöt upp munkaveln som tydligen bestod av en tubsocka.

-Underbart att få bort den där och få händerna fria, sade Ann-Louise när Jesper klippt av buntbanden.

-Jag vet att det finns rengöringsvätska för att lindra besvären från sprayen i handskfacket, ett ögonblick så ska jag ta fram den, förklarade Leila.

-Kom ni med hissen hit? för jag har inte hört någon bil. Då borde ni mött Peter för han åkte väl upp med den för en stund sedan, sade Ann-Louise undrande.

-Märkligt att vi inte sett honom, för vi kom ju uppifrån planet där alla affärer ligger. Jag förmodar att ni blev övermannade av Albert, kan du berätta hur det gick till? frågade Leila.

-Så fort vi lämnat polishuset, började Alberts näsa rinna och han insisterade på att få en pappersnäsduk. Eftersom Peter satt i baksätet med honom och hade handfängsel mellan sig och Albert, så var det nog ingen av oss som reflekterade över att det skulle kunna gå så snett.

Plötsligt när jag tittade i backspegeln, såg jag att Jacobsson hade båda sina händer fria! Blixtsnabbt tog Albert ett strypgrep på Peter och tvingade mig att köra ner i närmaste parkeringsgarage, annars skulle han ta livet av min kollega! När vi kom hit, var Peter medvetslös, så hårdhänt hade Albert varit. Direkt slet han av honom uniformen och tog fram pepparsprayen som han helt klart visste var vi förvarade. Därefter sprutade han medlet i ögonen och munnen på Peter innan han gav sig på mina ögon. Tur för mig var att behållaren nästan var tömd då. Som munkavel fick jag en av Peters strumpor och sedan spände han fast mina händer i ratten. På så vis vet jag inte speciellt mycket av vad som hände sedan, förklarade hon vidare.

-Det som förbryllar mig är, vart Peter och hans uniform tagit vägen. Albert kom med ett skjutvapen riktat mot oss, så jag tvingades skjuta honom i nödvärn, förklarade Jesper.

-Oj! Skönt att höra. Av någon anledning hörde jag skrik nyss, som av smärta, men det var när jag fått spray i mina ögon. Jag har ingen aning om när Peter fick sitt medvetande igen. Ska jag gissa, så tror jag faktiskt att det var hans röst jag hörde, för det lät rassligt som när man fått pepparspray i svalget, förklarade Ann-Louise.

-Du berättade förut att du trodde att Peter tagit hissen härifrån, vad grundar du det på? undrade Leila.

-Jag hörde att det plingade till som det brukar göra när hissdörrar öppnas. Därefter var det ganska tyst, det var därför jag antog att Peter åkt upp för att tillkalla hjälp. Han kunde visserligen ropat från polisradion i bilen, men det tänkte han väl inte på. Tyvärr glömde han tydligen bort att jag satt här med, fortsatte Ann-Louise.

-Var det helt tyst sedan, eller har du hört något mer än ljudet från hissen? undrade Leila.

-Jag hörde en bil stanna en bit härifrån på tomgång, kanske en halvminut. Möjligt att det var någons röst jag hörde då med, men det är osäkert. Sedan åkte fordonet härifrån i hög fart, förklarade Ann-Louise samtidigt som en poliskollega kom ner med hissen.

- - - - -

-Även om det förmodligen kommer göra jäkligt ont, så längtar jag efter att ta en lång härlig dusch, sade Ludvig när de fikat färdigt.

-Har du inte fått göra det på sjukhuset? Det borde väl vara ganska viktigt med tanke på risken för infektioner och smittor, sade Ebba undrande.

-Nej, för tusan! Jag pratade med en gubbe som legat inne en vecka sedan han hittats avsvimmad i hemmet. Han hade inte blivit ordentligt tvättad på hela tiden! Det luktade skit lång väg om honom kan jag tala om, fortsatte Ludvig medan han med vissa vedermödor försökte att ta av sig sin t-shirt.

-Det går utför med svensk sjukvård, det har vi hört exempel på tidigare. Hur som helst, tror du att det är läge för bowling i ditt tillstånd om bara ett par dagar? frågade Scotten.

-Vi satsar på det, så har jag något kul att se fram emot, svarade han medan Ebba gick till köket för att diska.

-Innan du går till badrummet och jag ska åka hem, måste vi reda ut en sak, förklarade Scotten viskande så att inte hans syster skulle höra vad de pratade om.

-Jaha, tänker du på hur vi ska gå tillväga för att få tag på gänget som slog ner mig? sade Ludvig undrande.

-Exakt! Du kan väl skicka över bilden du tog när de flydde, så kan jag öppna den på datorn hemma, för den har ju en stor skärm. På den tror jag att det ska gå att utläsa registreringsnummer och kanske se ansikten med, spekulerade Scotten.

-Jag mailar över den till dig direkt, så får du höra av dig sedan om vad som syns, berättade Ludvig samtidigt som han gick för att duscha.

- - - - -

-Har ni skickat i väg kroppen härifrån nu?

frågade Jesper när en medarbetare närmade sig.

-Visst, liket är fört till rättsmedicinska. Jag fick en idè förut om att få se vad övervakningskameran visade vid utfarten från parkeringsgaraget. Bevakningsföretaget var snabba att skicka över filmen för den senaste timmen. Där syns tydligt att någon med polisuniform sitter som passagerare i en blå Volvo, talade han om.

-Intressant, gick det att se numret på bilen så vi kan ta reda på vem den tillhör? undrade Jesper.

-Fixat, Volvon står på Åke Östh med bostadsadress ett par mil västerut, fick Jesper till svar.

-Bra, då försöker vi få kontakt med honom! Förmodligen sitter personen inne med många pusselbitar, sade Jesper.

-Jag kan åka dit och prata med Åke, föreslog Leila och tittade på sin chef.

-Jag tror faktiskt att jag nappar på det förslaget. Under tiden passar jag på att höra mannen som sitter i rullstol några våningar upp. Trots att Albert inte finns längre, så behövs det för utredningen, förklarade Jesper.

-Behöver du hjälp med att köra till stationen, eller klarar du det själv, Ann-Louise? undrade Leila.

-Jag tror det löser sig, för nu känner jag mig hyggligt återställd, svarade hon.

-Då sticker jag med en gång, berättade Jesper samtidigt som han räckte över lappen med Åkes kontaktuppgifter som han fått, till Leila.

-Jag passar på att ringa redan nu, så jag vet att han är hemma, berättade hon.

-Ja, det tycker jag är lämpligt. Du behöver inte förklara så djupt på telefon vad vi vill veta, för jag tror det är lämpligare att du tar det med honom på plats, sade hennes chef när han gick mot trappan.

-Visst, svarade Leila medan hon lät signalerna gå fram.

Av någon anledning fick hon inte kontakt med Åke, utan fick chansa på att han var i hemmet i alla fall.

Lyckligtvis stod den blå Volvon på gatan utanför den angivna adressen, så Leila parkerade bakom den och gick för att ringa på. Efter ett litet tag såg hon att köksgardinen drogs ifrån lite, så därmed är det någon hemma åtminstone, tänkte Leila medan hon ringde på dörrklockan igen.

-Jag har redan en dammsugare, gå härifrån! hördes en bestämd röst säga.

-Det tror jag säkert att du har. Jag heter Leila och kommer från polisen, du kan se min legitimation här, svarade Leila och höll fram handlingen.

-Jag har inte gjort något, vad vill ni? frågade Åke.

-Jag skulle behöva ställa några frågor angående passageraren ni lämnade parkeringsgaraget med, förklarade hon.

-Jag öppnar väl då och hoppas att ni är lika trevlig som din kollega var, svarade han och vred upp låset.

-Hur kom det sig att mannen i polisuniform ville åka med er? undrade Leila.

-Det tyckte jag inte att han förklarade särskilt väl. Det första han frågade, var vart jag skulle åka. När jag berättade att jag precis handlat allt jag skulle och var färdig för att åka hem, sade han att det passade fint, för han behövde bara skjuts en bit, förklarade Åke.

-Tänkte du på om hans ögon rann eller om han verkade skadad? frågade Leila vidare.

-Nej, det var inget jag lade märke till. I garaget var det ju nästan kolsvart och när vi kom ut därifrån var jag ju tvungen att hålla ögonen på vägen, fortsatte Åke.

-Kan du berätta exakt var han bad att få bli avsläppt, fortsatte hon.

-Jag vet inte riktigt vad gatan heter, men det var precis innan en rondell när jag ändå blev stående i en bilkö, förklarade Åke.

-Tack så mycket för upplysningarna, de var till stor hjälp! Då ska jag inte störa mer, sade Leila.

-Bra, för nu ska jag äta middag, sade Åke och stängde dörren efter henne.

-Hejdå, sade Leila, men det var högst troligt att Åke inte hörde det.

På väg till polisstationen igen, försökte hon summera händelserna under eftermiddagen, som enligt henne fortfarande hade många frågetecken.

Plötsligt hörde Leila att det ringde och på presentatören stod det "Chefen".

-Jesper här, har du fått tag på Åke? frågade han.

-Ja, det har gått bra. Är du färdig, så kan jag plocka upp dig om fem minuter, föreslog hon.

-Perfekt, jag är på väg ned för trapporna nu, så det blir lagom, svarade hennes chef innan han tryckte på röd lur.

-Vad fick du fram av mannen, hade han tagit bilder som vi kan få nytta av? undrade Leila när han satt sig i bilen.

-Visst syns det tydligt att det är Albert Jacobsson han fotat. Däremot vad han sysslar med när han möter olika människor där, är högst osäkert. Även om vi hyser starka misstankar om att det är handel med droger som försiggår, så kan vi inte bevisa det. Något erkännande av Albert Jacobsson är ju för den delen också uteslutet nu, fortsatte Jesper.

-Ungefär liknande scenario för mig då. Åke Östh hade släppt av den uniformerade mannen i utkanten av stan, men vart han försvunnit sedan visste han ej. Om det var Peter så måste han väl fått en total blackout, för man lämnar ju inte sin kollega i sticket. Dessutom förstår jag inte varför han enligt Ann-Louise blev avklädd sin uniform. Har han efter tumult med Albert tagit på sig den igen? spekulerade Leila.

-Ja, där har du en sak vi måste bringa klarhet i. Sedan har vi vapnet som gärningsmannen gick och viftade med, varifrån kom det? undrade Jesper.

-Just precis vad jag också tänkt på. Även varför han hade kriminalvårdens byxor på sig bak och fram är märkligt, sade Leila medan hon parkerade inne på gården vid polishuset.

-Vi får sammanställa allt och se vartåt det pekar. Möjligt att obduktionen av Albert kan ge en del svar, men jag tvivlar på att den är färdig ännu, sade han.

-Är nog läge att kolla med Linn vad hon kommit fram till medan vi varit borta. Hon har i och för sig ägnat sig mest åt brott som begåtts tidigare, men vi behöver ju få dem färdigutredda också, förklarade Leila.

-Givetvis är det så. Vi tar det direkt med henne, svarade Jesper medan han höll upp dörren åt Leila.

-Jag har förstått att ni haft en händelserik eftermiddag! Skönt att ni fick tag på Albert innan han lyckades skada någon oskyldig, berättade Linn när de kom in.

-Ja, det är väl normalt sett bland det värsta man kan göra som polis, just att skjuta en människa till döds. Men i det här fallet kan jag inte påstå att jag lider det minsta. Det räckte med att fundera lite på vad han utsatt andra för, så blir det plötsligt helt rättfärdigat. Hur har det gått för dig nu när du haft inre tjänst? frågade Jesper.

-Jag började med att söka efter röda kombibilar i stan och kom fram till att det finns tjugosex stycken. Ingen av ägarna har vad vi vet sysslat med sprängningar tidigare. Däremot har några av dem figurerat i våra register, men det kan vi titta närmare på gemensamt, berättade Linn.

-Det låter bra, då ska vi gå till botten med vilka som kan vara aktuella att undersöka närmare, svarade Jesper samtidigt som kriminaltekniker Nilsson kom in på kontoret.

-Jag tänkte att ni ville ha en dragning angående offret i köpcentret. Först kan jag tala om att pistolen i hans högra hand satt fast med några av era engångsfängsel, typ buntband. Ett satt hårt runt handleden och sedan gick två till pistolen som förövrigt saknade magasin och var helt ofarligt. Det borde väl tyda på att han fått hjälp med att få vapnet på plats, för det klarar man nog inte själv, men det är er sak att utreda, sade Nilsson.

-Verkar jättekonstigt. Har du klarlagt varför det blödde ur hans öron och varför man inte kunde höra vad han skrek? frågade Leila.

-I öronen hade någon tryckt in earpods så pass att de spräckt trumhinnorna. Hans hörsel var därmed helt borta, så rop och varningsskott kan han inte ha uppfattat. Svalget och även mannens ögon var fulla med pepparspray, så därför fick han inte fram några ord, förklarade kriminalteknikern.

-Så med andra ord så kunde han varken höra eller se. Dessutom måste han haft jäkligt ont i sina öron och ögon. Har Peter lyckats övermanna Jacobsson och gjort det här med honom, kan det mycket väl vara en förklaring till varför han flytt och vill hålla sig undan. Vi får skicka ut en efterlysning på honom, sade Jesper.

-Jag vet att du sköt ett dödande skott i mannens hjärta, för det har jag sett på obduktionen. Men det jag kommer berätta för dig nu, kräver nog att du sätter dig ner, fortsatte Nilsson.

-Jaha, det kan jag väl göra om du insisterar på det, svarade Jesper förvånat.

-Det var din kollega Peter du dödade och inte Albert. Hur ni kunnat förväxla honom med någon annan, vet inte jag men det får väl utredningen visa, svarade kriminalteknikern allvarligt.

-Hur tusan kunde vi göra en sådan tavla? Så du menar att Albert först misshandlat Peter och satt fast hans oladdade vapen i hans högra hand och därefter skickat upp honom i hissen! Förmodligen som en avledningsmanöver för att vinna tid att ta sig från platsen och det i polisens uniform! Det märks verkligen att Albert Jacobsson är en riktig fullblodspsykopat! utbrast Leila innan hon sökte ögonkontakt med sin chef.

Jesper sade inget, men hans ögon var tårfyllda och det var inte svårt att läsa hans tankar. Han hade själv skjutit ihjäl en polis!

- - - - -

Kapitel 11

Scotten funderade på vad han skulle göra härnäst.
Klockan var lite efter fyra, så det dröjde ännu ett par
timmar innan Lisa kom hem. Först fick han en idè att
åka och helghandla trots att det bara var torsdag. Det
som talade för det, var först och främst att det skulle
vara härligt att få det gjort nu istället för att göra det
imorgon, när typ hela Nyköping ville tömma affärerna
inför helgen. Dessutom hade han ju bilen nu, vilket inte
var planen för fredagen då han förmodligen skulle cykla.
Argumenten mot detta var att Lisa och han ändå ibland
handlade det mesta på lördagsförmiddagarna, vilket
brukade vara rätt mysigt. Hon hade alltid en lista på vad
som skulle införskaffas och glömde aldrig tygkassarna
hemma, vilket var standard om han gick till affären själv.
Efter någon minuts velande, beslöt sig Scotten för att
göra något mitt emellan de båda alternativen. På grund
av att han knappt sovit någonting den gångna natten,
orkade han helt enkelt inte storhandla, men det
viktigaste borde han ju kunna få hem. Det som vägde
tungt för att göra så här, var att det förhoppningsvis
skulle gå ganska snabbt att köpa det som fattades och
därmed hinna hem och ta en tupplur innan Lisa slutade
jobba.
Allt som skulle fixas var gjort på en timme och nöjd med
sin insats sträckte han ut sig i soffan för en quicknap,
tills det var dags att duka fram käk till Lisa.

-Hej älskling! Om jag inte sett bilen på parkeringsplatsen, hade jag trott att du inte var hemma, för det är ju precis mörkt i hela lägenheten, utbrast Lisa när hon kom innanför dörren.

-Tusan, jag slumrade visst till lite! Jag har handlat en del och tänkte haft något gott färdigt tills du kom, svarade Scotten yrvaket.

-Det gör inget, jag förstår att du är trött. Jag föreslår att du går en sväng med Henrik för han verkar också nyvaken, så ordnar jag med kvällsmaten, berättade hon.

-Schysst, du måste väl vara helt slut du med, så lite sömn som det blev inatt, sade Scotten och kysste Lisa.

-Jo, det är klart att jag är, men det har gått rätt hyggligt tack vare att jag inte haft en chans att känna efter förrän nu, svarade hon.

-Jag skjutsade hem Ludvig förut. Doktorn tyckte han verkade ha återhämtat sig snabbt, sade Scotten medan han tog på Henrik halsbandet.

-Vad bra, är Ebba i stan igen? Hon nämnde att det bara var en tenta på förmiddagen att göra, undrade Lisa.

-Ja, hon var på sjukhuset när jag kom. Förresten blir det nog bowling på lördag eftermiddag, för Ludvig sade att han trodde att det skulle fungera, berättade han.

-Bra, för jag tänker vinna över er, så ni får bjuda mig på en riktig shoppingrunda sedan! sade hon.

-Ha, men du har väl knappt aldrig spelat förut? Hur kan du vara så säker på att du ska vinna? frågade Scotten osäkert.

-Det kan väl inte vara så svårt att skicka iväg den där kulan rakt fram, det handlar nog bara om att ha rätt inställning, svarade Lisa och skrattade.

-Det heter faktiskt klot och har du aldrig hållt i ett, kommer du nog reagera på att det är ganska tungt, förklarade han.

-Skit samma vad det heter, vinner jag inte får du bjuda mig ändå! Jag tycker att du har en taskig attityd mot mig när du inte tror att jag kan vinna, sade Lisa och satte sig på golvet för att kela med Knasen.

-Kom Henrik så går vi ut, för det kan behövas. Hur det än går i bowlingen, lär det bli kostsamt för husse, sade Scotten och stängde lägenhetsdörren efter sig.

- - - - -

Fast det gått över tiden när det var dags att avsluta arbetsdagen, satt Jesper och Leila kvar på kontoret. De sade inte så mycket, men de kände ändå behov av att stödja varandra bara genom att finnas i närheten. Leila kände sig lika skyldig till dödsskjutningen som Jesper, fast det inte var hon som avlossat det dödande skottet. Egentligen var det bara en tillfällighet att det blivit så, det visste hon mycket väl. Att hon inte heller sett skillnad på Peter och Albert förbryllade henne, för det var helt klart det mest ödesdigra misstaget hon någonsin gjort. Visserligen hade de ungefär samma kroppsbyggnad och ansiktsform, men ändå. Till sitt försvar kom den banala förklaringen att mannen sett hotfull ut och att hon gått mycket efter klädseln. Att en polis skulle komma iklädd kriminalvårdens kläder viftande med en pistol, fanns inte på kartan över vad som gått att förutspå, resonerade Leila när det plötsligt knackade hårt på dörren.

-Jaha, det här gick ju käpprätt åt skogen, sade högste polischefen, Stig Svensson, och steg in.

-Jag har ingen riktigt bra ursäkt till varför det

blev så här, berättade Jesper med svag röst.

-Nej, det är förståeligt, men nu har det hänt och det går inte att få ogjort. Jag har meddelat Peters anhöriga nyligen, upplyste Svensson om.

-Jaha, jag kan tänka mig att de önskar att se mig hängd före gryningen, svarade Jesper.

-Det låter inte som en alltför långsökt reaktion när ett sådant här bud lämnas. Särskilt inte i det här fallet, då Peters föräldrar är inom domstolsväsendet, fortsatte Svensson.

-Fram med det nu, är det avstängning från min tjänst, eller till och med fängelse som väntar? undrade Jesper och satte sina händer på knäna för att kunna ta emot beskedet.

-När jag berättade för dem vad som hänt och att Peter varit beväpnad i fångkläder, förstod de att du handlade som du gjorde. Faktum är, att fast Peter inte träffat dig så mycket, så har han för sina föräldrar beskrivit dig som bästa förebilden inom kåren. De kräver att du leder sökandet efter Albert Jacobsson, så att han kan ställas till svars för sina handlingar. Däremot kan du nog räkna med att en internutredning kommer sättas igång för att klargöra om du har skuld i det här, men det är ofrånkomligt, sade Stig.

-Jag borde kanske vara glad och tacksam över det du säger, men det går inte att komma ifrån att det var jag som sköt ihjäl Peter idag, sade Jesper sorgset.

-Jag kan försöka sätta mig in i dina känslor, fast det inte går. Det du framhåller kan du förstås aldrig bli frikänd från, just det att en polis dödades av en kula avlossad av dig, sade Stig och reste sig.

-Är svinet Jacobsson kvar i vårt distrikt, så ska vi ta mig tusan göra allt för att gripa honom! Jag kallar in Olsson med hunden Chapman och du ser till att få ut en bild på Albert, så vi kan efterlysa honom! beordrade Jesper.

-Menar du att vi ska dra igång nu? frågade Leila.

-Albert har visserligen fått ett par timmars försprång, men med lite tur ligger han och trycker tills han tror att sökpådraget gett upp. Fyll en termos med kaffe och ta med en kartong med mandelkubb, så sticker vi sedan! Jag ser till att få in hela styrkan i sökandet, förklarade hennes chef.

- - - - -

Istället för att gå ner till parken, gick de till platsen där Ludvig blivit överfallen. Scotten ville själv bilda sig en uppfattning om hur förövarna agerat och se om det fanns spår kvar där, som på något sätt kunde leda till dem. Visst hade han hört att Lisa sett till att en patrull skulle undersöka området, men om de verkligen varit där tog han inte som en självklarhet. Med sin mobilkamera tog han några kort på vilka fordon som stod parkerade där, samt troliga bakhåll där de inväntat Ludvig. Förmodligen hade de haft span på Ludvig redan från stunden när han visat klockan för Lisa och sedan följt efter dem. Scotten försökte dra sig till minnes om han sett några typer vid tillfället de träffats, men kom inte på något för stunden. Tyvärr kände han inte någon som bodde på den aktuella gatan. De kunde annars berättat om de sett överfallet. Att inte polisen fått in några vittnesuppgifter tog han för givet, av den enkla anledningen att rättssystemet idag, hela tiden var på brottslingarnas sida. Om någon mot bättre vetande skulle få för sig att tala om vad han sett, så fick förövarna omgående veta vem som läckt. Därmed visste de exakt vem som skulle hotas till tystnad eller likvideras. Vädret var som vanligt så här års fruktansvärt ogästvänligt, så han beslöt sig för att de skulle gå hemåt igen, vilket Henrik inte hade något emot.

-Förbannat, det här kommer bli de saltaste pannkakorna du någonsin ätit! Locket lossnade och sedan var det fritt flöde, förklarade Lisa när de kom in.

-Det är bara att vräka på en massa god sylt, så är nog det problemet löst. Även om de i det närmaste är oätliga, är det ju tanken som räknas! Efter ett så påfrestande dygn är det otroligt att du ens orkar försöka fixa mat, svarade Scotten och tog av sig ytterkläderna.

-Schysst kommentar, i vilket fall som helst, får du provsmaka en direkt. Går den inte att äta så spolar jag ut skiten, fortsatte hon förtretat.

-Det är väl synd att bara slänga, tror du inte att Knasen gillar när det är lite smak på dem? frågade Scotten och skrattade.

-Högst tveksamt, men jag är inte rädd för att prova. Nu är ju katten van vid torrfoder, så vad som händer med hans lilla mage om han äter mina salta pannkakor, kan man ju bara ana. Tycker Knasen om dem och äter upp, lär du säkert få känna på sura fisar på din kudde inatt! svarade Lisa kiknande av skratt.

-Då plågar jag hellre i mig pannkakorna gömda i sylt, än att jag blir gasförgiftad, muttrade Scotten och tog ett bett.

- - - - -

-Jag kollade som hastigast om vi fått in några

107

anmälningar eller iakttagelser från området och hittade det här. En skolvaktmästare kontaktade oss för en timme sedan och berättade att han blivit bestulen på sina kängor och ytterkläder. Han hade visst märkt det när han skulle gå hem för dagen, lite efter sexton. Kan det vara något? undrade Leila.

-Står det mer detaljerat vilka persedlar han saknar och vilken skostorlek han har? Även färg och märken är av intresse, frågade Jesper.

-Hehe, driver du med mig eller är du seriös? fortsatte hon.

-Jag är gravallvarlig, sätt dig in i hur Albert tänker. Polisuniformen var perfekt att ta sig från köpcentret med, men nu är den enbart en belastning. Varenda människa han möter reagerar över att de mött en snut. På fullt allvar tror jag att han försökt komma över andra kläder för att smälta in i mängden, berättade hennes chef.

-Det har visst varit en lång dag med åt skogen för lite mat. Det borde jag tänkt på också, svarade Leila och ringde upp vaktmästaren för att få kompletterande uppgifter.

-Jag beställer hit ett par pizzor under tiden, för jag kan inte ha med en kollega som har hallucinationer för att hon inte ätit på en kvart. Vad vill du ha för sort? undrade Jesper.

-Ta en Nyköping special med extra av allt plus en stor sallad, svarade Leila utan betänketid medan signalerna började gå fram.

-Det tar bara tio minuter, sade pizzabagaren. Undrar hur fasen de bär sig åt? mumlade Jesper när han lagt på.

-Han hade ett par gråsvarta Goretex-kängor, storlek fyrtiofyra. Rocken hade samma färg och gick precis nedanför höfterna. Till detta saknar han också ett par svarta handskar, en stickad grå halsduk och en mörkgrå keps som det gick att fälla ner öronlappar på, berättade Leila när hon lagt på.

-Pigga färger, stämmer in på en gråsugga! Förresten, har vaktmästaren långt till skolan där han arbetar? frågade hennes chef.

-Det kollade jag inte, vill du att jag ringer och frågar det med? fortsatte hon.

-Nej, kolla på de olika adresserna och gör en bedömning, den behöver inte vara exakt. Jag vill bara veta om han bor i stan, så han kan ta sig till skolan en sväng ikväll, svarade hennes chef.

-Vad jag kan se, så bör det vara cirka femhundra meter mellan hans bostad och skolan, sade Leila efter ett par minuter, samtidigt som Olsson, Chapman och pizzabudet kom in genom dörren.

-Hej! Jag kan betala pizzorna idag, sade Leila och tog fram sitt kort.

-Hallå! De där luktar riktigt gott, sade Olsson och slickade sig om munnen.

-Jösses! Pizzan är ju mycket större än ett dasslock! Olsson, du får hjälpa mig att äta upp den här, för det är inget som jag mäktar med ensam. Den hade räckt till tre middagar för mig, förklarade Jesper och nickade till honom.

-Jaha, varför beställde du en så stor från början då? frågade hundföraren.

-Leila ville ha en Nyköping special, så för

smidighetens skull tog jag en likadan, förklarade Jesper.

-Jag är inte den som tackar nej till mat, det kanske syns på mig! sade hundföraren och satte sig.

-Hehe, jag säger inget, så har jag inget sagt! När vi käkat, vill jag att du åker till en skolvaktmästare med Chapman. Låt honom snosa runt rejält där, för har vi tur så är det Albert som stulit vaktmästarens kläder och skor. Därefter tar ni er till hans omklädningsrum på skolan och försöker få jycken att hitta ett spår därifrån, förklarade Jesper medan han drog av en pizzaslice till sig själv.

-Okej, då börjar Chapman och jag med att besöka bostaden och sedan åker vi till skolan. Var har ni samlingsplats för eftersökningen? frågade hundföraren.

-Den tar vi på skolgården. Möjligt att vi genomsöker fordon och lokaler där innan du kommer med Chapman. Förhoppningsvis får hunden upp något spår därifrån, så vi kan följa efter er, förklarade Jesper.

-Rimligtvis har ju Albert gjort sig av med sina gamla skor och delar av uniformen med, kanske i samma område. Det får vi leta efter i sådana fall, spekulerade Leila.

-Rätt tänkt, nu märks det att du fått näring till hjärnkontoret! sade Jesper.

-Ja, nu är jag på banan igen! Den här sorten när de lagt på pommes som garnering, tycker jag är riktigt god, mumlade hon med munnen full med mat.

-Den var förträfflig och då ska ni veta att jag är bortskämd med gott käk. Varje fredag äter jag lunch hos lilla mamma och hon vet vad jag föredrar. På fredag bjuder hon på fläsk och bondsås! svarade Olsson.

-Husmanskost är aldrig fel, den är

helt klart underskattad! resonerade Leila.

-Mina vänner, nu är det bäst att jag avbryter era matdiskussioner. Risken är väl annars överhängande att vi aldrig kommer härifrån. Om fem minuter är det avfärd som gäller! befallde Jesper och torkade sig om munnen.

-Du berättade nyss att vi skulle kolla misstänkta fordon med, möjligheten finns förstås att han tillgripit en bil och begett sig därifrån, tillade hon.

-Så kan det förstås vara, men sedan det blev startspärr i fordonen för drygt tjugo år sedan, behövs oftast nyckel för att kunna starta. Visst kan han tvingat till sig en bil och fått tillgång till nyckel, men det borde vi fått in en anmälan om i så fall, svarade Jesper.

-Vet vi om Albert har någon anknytning till området? Någon fast adress förstod jag att han saknade, men i hans umgängeskrets är det väl möjligt att han sökt härbärge, sade Olsson fundersamt.

-Absolut är det på på sådana ställen vi ska leta. Tyvärr har packet i stan som sysslar med olagligheter ökat konstant, så vänner av sin egen sort har han nog lätt att finna, fortsatte Leila innan hon tog sista tuggan.

-Tänkbara alternativ allihopa vi fått fram här, på bara några minuter. Vi måste dock komma ihåg att ibland följer Albert inte mönstret som en vanlig kriminell gör. Det har vi verkligen fått bekräftat idag, sade Jesper och tog på sig ytterkläderna.

- - - - -

Kapitel 12

Efter att ha ätit upp en pannkaka, tyckte Scotten att det var fullt möjligt att fortsätta med resten. Visst hade Lisa haft rätt i att de var i saltaste laget, men med ett rejält lager jordgubbssylt fungerade det. Att smaklökarna snabbt blev avtrubbade, var en trolig förklaring, tänkte han medan han tog en till.

-Det ser inte ut som att det blir något över till Knasen, var de så goda? frågade Lisa och log.

-Jag vande mig nästan direkt, ska inte du ta någon? frågade Scotten.

-Nej tack, för själv är jag redan ganska mätt. Chefen fyllde år idag och bjöd på smörgåstårta som hade räckt till betydligt fler, särskilt nu när en i personalen var sjukskriven idag. Men jag kan ta lite kaffe när du har ätit färdigt, förklarade Lisa.

-Härligt! svarade han och fyllde på sitt vattenglas.

-Jag går nog och lägger mig tidigt ikväll, för nu känner jag att sömnbristen gör sig påmind. Hoppas den inte förstörs om jag dricker kaffe bara, resonerade hon.

-Du kan säkert behöva en mugg kaffe! Man måste nog ha i sig lite koffein för att orka sova, sade Scotten och skrattade.

-Det låter inte speciellt logiskt, så det stämmer förmodligen inte alls! fortsatte Lisa och satte på bryggen.

-Det är i vart fall jäkligt skönt att det är fredag snart! När vi går hem för dagen imorgon, så har vi en hel helg framför oss utan en massa som är inbokat, sade han.

-Ja, det är inte så dumt. Nu är det dessutom min lediga lördag, så det blir toppen! Det är väl bara bowling som är inbokat på lördag vad jag kan komma på, svarade hon och hällde upp kaffet.

-Så är det. Har du allt färdigt tills imorgon, typ matlådor och kläder? undrade Scotten.

-För min del är det klart. Kläder har jag massor att välja på och på jobbet har vi fortfarande en halv smörgåstårta kvar att försöka klämma i oss. För din del blir det salta pannkakor, för jag gjorde nämligen dubbel sats när jag ändå var igång, förklarade Lisa innan hon drack ur sitt kaffe.

-Smarrigt värre, muttrade han och ställde bort muggarna på diskbänken.

-Som sagt, efter badrummet blir det sängen för mig. God natt älskling, sade Lisa och gäspade stort.

-Sov gott, jag kommer om en stund. Ska bara ut och kika på datorn först. Kanske ringer och snackar med Ludvig med, svarade Scotten.

På skärmen syntes tydligt att det var en vit Audi A6 av lite äldre modell, som gänget var på väg till. När han zoomade in registreringsskylten gick det att se de tre bokstäverna, men inget mer. Några ansikten var inte vända mot mobilkameran när bilden togs, men såg man dem alla tillsammans, trodde han att det inte skulle vara omöjligt att känna igen dem, främst på kläderna och deras kroppsstorlek, tänkte han och ringde till Ludvig.

-Tjena! Ebba sitter vid datorn i köket och har en lektion via den, så vi kan snacka ganska ostört. Har du fått fram något? frågade Ludvig.

-Kanske en del. Det går inte att se

siffrorna på skylten och tyvärr är de ju på väg bort från dig. På nätet har jag sett att det finns ett gäng i Stockholm som inriktat sig på rån av Rolex klockor, den så kallade Östermalmsligan. Spontant tvivlar jag dock på att det är dem du blivit rånad av, berättade Scotten.

-Okej, vad grundar du det på? frågade Ludvig.

-Dels rimmar det inte att man åker omkring i en sketen Audi för femtusen om man samtidigt tjänar uppåt en miljon i månaden, vilket tydligen Stockholmsgänget gjort. En sak till jag reagerar på när jag tittar på fotot, är att åldern på förövarna troligtvis ligger mellan femton och högst nitton år, fortsatte Scotten.

-På det viset. Med andra ord antar du att det är några lokala förmågor som överfallit mig, spekulerade Ludvig.

-Ja, det är helt klart min uppfattning. Hur tycker du att vi går vidare nu? Vad jag förstod på doktorn så är du sjukskriven veckan ut, sade Scotten undrande.

-Jag får fundera ut något. Det vore helt klart en stor fördel om du har rätt i ditt antagande att de finns på orten, för i och med det, är det hyggligt lätt att få reda på vilka de är. Det där med att jag skulle hålla mig från arbetet imorgon, fungerar inte alls. Jobbar man som jag ensam på ett litet företag, så går det inte att känna efter hur man mår i första taget. Jag har massor att göra, så blir jag inte sämre måste jag infinna mig på TV-firman klockan sju imorgon bitti, förklarade Ludvig.

-Du får höra av dig när du kommit fram till hur vi ska agera, sade Scotten innan samtalet avslutades.

- - - - -

-Titta vad jag ser! utbrast Jesper när de kom fram till skolan.

-Ja, det ser ut som ett par skor av den sorten som polismyndigheten använder! Lite märkligt varför Albert gjorde sig av med dem, för normalt sett är det väl knappast någon som tänker på vad folk har på fötterna, resonerade Leila.

-Kanske inte, men det kan finnas en naturlig förklaring, sade hennes chef och tog varsamt upp skorna efter att han tagit på sig skyddshandskar.

-Menar du att kängorna är betydligt varmare, eller hur tänker du? frågade Leila.

-Ja, dels det, men mest för att de antagligen var aningen för små för Albert. Du ser här, hälkapporna är invikta för att han inte fått plats med sina pedaler, förklarade Jesper.

-Ligger uniformen i papperskorgen också då? frågade Leila samtidigt som hon höll upp en plastpåse till skorna.

-Inte i den här, vi får undersöka de andra samt kolla i buskagen där borta, fortsatte Jesper och pekade.

-Fast det är klart, är rocken han snodde av lite större modell, har han förmodligen behållt poliskläderna på för att slippa frysa, sade hon.

-Så kan det vara, det är fullt tänkbart. Det verkar som att vi snart är fulltaliga. Under tiden Olsson och Chapman försöker få upp ett spår från omklädningsrummet, tar jag en kort genomgång, förklarade hennes chef.

-Ja, nu verkar det som att vi är på rätt spår när vi hittat Peters skor. Jag fick just en sådan märklig känsla, men det är knappt att jag vågar berätta, för då tror du säkert att jag håller på att bli helt knäpp, fortsatte hon.

-Fram med det bara, vårt arbete bygger inte endast på kalla fakta, utan att vi ofta måste gå efter

115

vår intuition, sade han och stannade upp för att lyssna.

-Jag tror inte att jag varit med om det så tydligt tidigare. Men något inom mig säger att Albert är alldeles i närheten och kanske till och med iakttar oss nu, förklarade Leila.

-Det kan du absolut ha rätt i att han gör. Jacobsson har ju hittills slagit oss med häpnad och inte gjort som vi riktigt förväntat oss. Det du berättar tar jag dock inte upp på genomgången direkt, utan jag säger bara att de får vara på sin vakt lite extra, svarade Jesper.

-Låter klokt, för på samma gång som jag har en övertygelse om att Albert finns här, så saknas det ju bevis för det. Skorna har han nog lämnat här för minst ett par timmar sedan och därmed borde han ju inte vara kvar vid skolan. Jag tycker med andra ord likadant, att det är bäst att förhålla sig till fakta när du går igenom upplägget, sade hon.

-Ja, så får det bli. Jag ser att Chapman verkar dra mot papperskorgen ifrån omklädningsrummet, vilket ju var förväntat. Det ska bli intressant att se vart han vill sedan, berättade Jesper medan han följde hunden med blicken.

-Bra att han fått vittring direkt, då har vi lättare att finna Albert, resonerade hon.

-Visst, svarade Jesper innan han började genomgången. Vi gör så här, att hälften av oss följer Olsson och är beredda att gripa Jacobsson om han påträffas. Tilläggas bör, att han visat sig vara smart och uträknande, vilket gör att det krävs att vi alla står på tå inför uppgiften. Övriga fyra söker tillsammans med mig av skolområdet, för att kunna utesluta att han ligger och trycker någonstans. Imorgon kommer det som vanligt en drös med elever hit och någon jäkla gisslansituation är det sista vi vill vara med om.

-Vi har fått ut bild på Alberts ansikte, vad ska vi anta att han bär för klädsel? frågade en medarbetare.

-Vi kan nog utgå från att han har en mörk rock på sig, på grund av att det är ganska rått och kyligt nu. Men som jag antydde tidigare, så kan den slutsatsen visa sig vara fel av mig. Därmed kanske han faktiskt går med polisuniform på sig, förklarade Jesper.

-Hur vet vi säkert att han inte tagit sig in i någon bostad i närheten eller flytt vidare? undrade en annan.

-Det vet vi förstås ej, men det är där Chapman kommer in i bilden. Jag hyser goda förhoppningar om att vi hittar Jacobsson snart! Nu kör vi igång! sade Jesper och kontrollerade så att ficklampan fungerade bra.

-Jag hänger med Olsson då, så kan vi höras på radion vartefter, sade Leila.

Jesper nickade jakande medan han gick bort till vaktmästaren.

-Jag vill att du tillsammans med mig och två av mina kollegor genomsöker absolut vartenda skrymsle på skolan. Vi får utgå från att han smugit sig in någonstans innan lokalerna låstes under eftermiddagen. Vet du om lokalvårdarna sköter den biten, eller hur fungerar det här? frågade han.

-Skolan städas numer bara varannan dag i besparingssyfte, så idag är det jag som har låst, förklarade vaktmästaren och tog fram sin nyckelknippa.

-Är det några utrymmen larmade, som vi då kan utesluta direkt? undrade Jesper.

-Nej, för tillfället är hela skolan olarmad.

I våras stals all datautrustning och i samband med det så förstörde de larmet med. Självrisken var så hög och avskrivningen av inventarierna gjorde att vi inte hade råd att skaffa nya grejer, förklarade vaktmästaren vidare.

-Så med andra ord sitter ni utan utrustning nu, eller hur har ni löst det hela? spekulerade Jesper.

-Skolan har kommit över ett parti med rekonditionerade datorer som inte är så stöldbegärliga. Hittills har de fått vara i fred från stölder, däremot är det en del elever som förstör dem medvetet, fortsatte han.

-Jag blir så jäkla trött, de borde väl begripa att de själva får lida för det. Dessutom är det väl tänkt att de framöver ska betala skatt när de börjar arbeta och på så vis borde vara måna om att pengarna inte går till onödiga utgifter, fortsatte Jesper ilsket.

-Det verkar inte som om allla tänker på det viset. Någonstans har samhället spårat ur. En del har väl märkt att det i stort sett går att bete sig hur som helst, utan att det blir någon rejäl påföljd för det. Men visst är det synd, för det går inte att komma ifrån att alla drabbas av någras illdåd. Bestraffningen blir ju kollektiv, genom att inte ens de som sköter sig får tillgång till det material som de borde fått i form av bland annat nya och snabba datorer, förklarade vaktmästaren medan de genomsökte lektionssalarna.

-Chapman verkar ha tappat spåret vid parkeringsplatsen. Under tiden ni söker färdigt i byggnaden, passar vi på med dörrknackning av de fastigheter som ligger närmast, föreslog Leila på radion.

-Perfekt! Med lite tur har någon av dem iakttagit Albert om han lämnat området, svarade hennes chef.

-Ni har inte hittat något mer som visar att Jacobsson varit inne på skolan? frågade hon.

-Nej, inte här inne. Två man kollar just av skolgården, får höra med dem snart om de hittat rocken eller något annat intressant. Vi är klara här om cirka en halvtimme. Blir det lagom för er, tror du? frågade Jesper.

-Vi satsar på det. Det ligger tolv fastigheter mitt emot skolan ser jag, men i och med att vi är några stycken så betar vi nog av dem ganska snabbt, svarade Leila innan kommunikationen avbröts.

Inom sig försökte hon känna efter om Albert kunde tänkas befinna sig i närheten ännu. På något sätt var det inte lika påtagligt som tidigare, dessutom fanns inte riktigt tiden för att låta tankarna stanna där. Samtalen med dem som öppnade samt med kollegorna, gjorde att Leila var tvungen att koncentrera sig på det istället.

På utsatt tid återsamlades alla på skolgården. Förutom skorna som återfunnits, hade sökandet inte lett till mycket mer, än att Chapman tyvärr tappat spåret vid parkeringsplatsen.

-Vi har i vart fall säkerställt att Jacobsson inte befinner sig på skolans område, om vi ska försöka hitta något positivt, sade Jesper och suckade.

-Ja, och dessutom har vi faktiskt sluppit bli skadade av Albert under letandet. Jag menar, så illa som han behandlade Peter förut, så är det också en sak att vara tacksam för, tillade Leila medan de började gå till sina fordon.

-Självklart är det på det viset och det är lätt att man glömmer i sådana här lägen. Nu får vi åka tillbaka till stationen och lägga upp strategin för fortsättningen, svarade Jesper.

-Fasen, har någon flyttat på bilen vi åkte hit i? Bilnycklarna har jag inte kvar i fickan, undrar om jag lät dem sitta kvar? hörde de Olsson utbrista vid parkeringen.

- - - - -

Scotten hade precis lagt sig bredvid Knasen och Lisa när mobiltelefonen ringde. För att i möjligaste mån inte störa sin flickvän, gick han så fort han kunde ut till köket för att prata.

-Hej Ludvig, jag har just lagt mig för att sova, berättade Scotten.

-Tryna bort halva kvällen är bara något för amatörer! Jo, jag kikade på min dator nyss och jag ser liksom du bara tre bokstäver. Min tanke är i vart fall att åka runt i vissa bostadsområden tidigt i morgon bitti, för att se om jag hittar bilen, förklarade Ludvig.

-Okej, så långt är jag med. Hur tänker du sedan? jag menar, du har redan fått stryk en gång och vill knappast ha mer, sade Scotten fundersamt.

-Hittar jag fordonet, tänkte jag be om lite hjälp imorgon kväll, svarade Ludvig.

-Tja, det är väl inte omöjligt. Är det något speciellt du vill att jag ska göra? frågade Scotten.

-Nej, inget betungande på något sätt. Jag vill bara ha lite sällskap så jag slipper att sitta själv ifall det drar ut på tiden, fortsatte Ludvig och skrattade.

-Klart jag kan hänga på, för du vill inte låna Henrik ett par timmar, om du bara är sällskapssjuk? sade Scotten och garvade.

-Nej, för tusan! Kommer jycken in i min bil så lär

han väl dregla ner min fina plyschklädsel, så den aldrig går att få fin igen! Det är förstås inte alls säkert att jag hittar förövarnas bil, men om jag gör det så hör jag av mig, berättade Ludvig.

-Som sagt, jag ställer upp, det vet du. Är det någon slags vedergällning eller hämnd du har i åtanke, eller? undrade Scotten.

-Tja, så väl känner du ju mig att du förstår att jag inte åker dit för att ge dem syndernas förlåtelse precis! I min värld fungerar det mera som så, att jävlas någon med en, så har man fria tyglar att ge igen med samma mynt, förklarade Ludvig.

-Jag förstår vad du menar och du vet att jag går på samma linje. Det viktigaste om du planerar något är bara att vi inte riskerar att åka fast, sade Scotten.

-Du kan knappast klaga på uppläggen av mina tidigare planer, eller hur? undrade Ludvig.

-Nej, hittills har de varit helt perfekta så att ingen kommit på tanken att misstänka oss. Trots det kan vi ju ha otur och bli ertappade av någon ändå, svarade Scotten.

-Jag ska som sagt hitta dem först. Därefter utarbetar jag en plan som jag lovar är vattentät. Jag hör av mig om det blir läge, sade Ludvig innan samtalet avslutades.

- - - - -

Kapitel 13

-Det här är mitt livs värsta skitdag hittills! Olsson och Chapman, ni får åka med oss till stationen. När vi kommer dit, får du snacka med vederbörande som går på som chef nu klockan tjugotvå och höra vad han anser. Om polisbilen hittas snart, kanske det blir mer spårning inatt, men det vet jag ju inte, förklarade Jesper.
-Ska vi ge oss för idag menar du? sade Leila undrande till sin chef.
-Ja, vi har varit igång sedan sju i morse, så nu får det vara nog. Det räcker om du börjar efter lunch imorgon, så det inte blir alldeles för många arbetstimmar, sade Jesper och började köra.
-Det kan nog behövas, i synnerhet som vi jobbar hela helgen sedan, svarade hon.
-Jag ska träffa internutredarna halvtio imorgon angående dödsskjutningen av Peter. Det kan hända att de stänger av mig från arbetet, i så fall får du arbeta med någon annan i fortsättningen, sade Jesper.
-Rent hypotetiskt vet jag att det är så, men du hörde själv att du har både ledningen och Peters anhöriga på din sida. Får inte du vara med och leda sökandet efter Jacobsson lär vi aldrig få fatt i honom, svarade Leila.
-Jag har aldrig ansett mig vara oersättlig och den uppfattningen har definitivt förstärkts ikväll som ni säkert förstår, fortsatte Jesper.
-Jag vet att du inte går helt fri från min dundertabbe ikväll när jag glömde nycklarna i bilen, för du ledde ju

insatsen. Men det kan jag lova, att den biten får jag stå till svars för till hundra procent, så det är inte lönt att de anklagar dig för det, berättade Olsson från baksätet.

-Sedan måste du komma ihåg, att du redan har sett till att Albert greps på sjukhuset. Det var ingen annan av oss som kom på den snilleblixten, vilket också måste fram i utredningen, tillade Leila.

-Jaja, vi får se hur det går. Har vi en jäkla tur så får patrullerna tag på Jacobsson inatt, annars befarar jag att risken är stor att han hinner fly hur långt som helst.

-Albert borde väl bli kvar inom landets gränser i vart fall, för han har ju knappast fått med sig något pass när han rymde, spekulerade Leila.

-En sådan där djuping har säkert tillgång till falska handlingar med olika namn, så vill han försvinna för evigt så tror jag faktiskt att han lyckas. Det enda som kan hålla Jacobsson kvar här, är att han byggt upp ett gediget nätverk och kontakter som är lukrativa, resonerade Jesper medan han parkerade på gården vid polishuset.

- - - - -

Som vanligt vaknade Scotten av att Henrik slutade snarka och visste därmed att det var dags för en ny dag. Med lite blandade känslor öppnade han ytterdörren några minuter senare, för att gå ut med hunden. Att det var sista arbetsdagen i veckan och att det var bowling inbokat på lördag, var helt klart toppen. Det som däremot oroade honom, var hur det skulle bli med Ludvigs ljuva hämnd om han fick reda på var gänget befann sig.

123

Visst var han själv inne på att sådant drägg skulle sättas på plats en gång för alla, men det fick inte ha några bieffekter. Risken fanns att de i sin tur gav sig på både Ludvig och honom själv, för att inte nämna Lisa och Ebba! Blev det något sådant kunde det snabbt eskalera och få oanade konsekvenser. Dessutom var det oundvikligt att utföra en vedergällning utan att polisen fick reda på det. De skulle direkt börja leta efter kopplingar och sådant var de mästare på, det hade han fått erfara tidigare. På väg tillbaka från parken försökte Scotten bygga upp ett lugn inom sig att allt skulle gå bra. Som grund för detta var det ju precis som Ludvig sagt, att fick han planera en sak ordentligt, så var allting fullständigt vattentätt.

-Godmorgon älskling! Jag kom på att Knasen ska till veterinären idag klockan åtta, så jag äter frukost med dig, sade Lisa från köket när de kom in.

-Morrn sötnos! Jaha, det var idag, det hade jag glömt bort. Då är det väl bäst att du tar bilen, för det är ju en bit, föreslog Scotten.

-Jo, jag hade tänkt det. Möjligt att jag blir lite sen till jobbet sedan, men jag har skickat ett meddelande till dem så att de vet om det, förklarade hon.

-Har vi något särskilt planerat för kvällen? Ludvig ville nämligen eventuellt ha hjälp av mig en stund, förklarade han.

-Nej, inte vad jag kommer på. Får se om jag passar på att bjuda hit Ebba på bullfika då, men det beror på hur trött jag är när jag har slutat jobba, sade Lisa.

- Okej! gör gärna det. Jag har förresten inte tackat dig ordentligt för cykelhjälmen du gav mig!

Den är superbra och det är faktiskt två på jobbet som undrat var jag fått tag på den någonstans, förklarade Scotten.

-Kul att du säger så, för då blir det ju att du använder den. I högstadiet var det en kompis som cyklade omkull utan hjälm och det lider hon av än idag. Sådant är jäkligt onödigt, när det går att undvika så enkelt, svarade Lisa.

-Visst, jag måste sticka nu för att hinna. Bilnycklarna ligger på hallbyrån, sade Scotten och reste sig.

-När skulle du eventuellt hjälpa Ludvig med något, jag menar sticker du innan jag slutat arbeta? frågade hon.

-Jag tror absolut att jag är hemma när du kommer. Vill han att jag ska komma tidigare så meddelar jag dig, fortsatte han medan jackan kom på.

-Då ses vi sedan, ha det så bra idag! ropade Lisa från köket.

-Detsamma älskling! En vanlig arbetsdag får man leta efter något som är positivt, tänkte Scotten när han rusade ned för trapporna. Det som möjligen kunde räknas dit, var kanske att han om en kvart skulle vara inomhus och slippa frysa, filosoferade han vidare och log för sig själv.

- - - - -

Nattsömnen hade varit grymt orolig och Jesper kände sig inte ett dugg utvilad när det var dags att stiga upp. Ideligen hade dödsskjutningen av Peter avhandlats i huvudet utan att någonting blivit bättre för det, tvärtom. Rädslan för att bli av med arbetet och kanske även dömas för gärningen, kretsade hela tiden inne i hjärnan. På väg till arbetet lite efter åtta, kom han dock fram till att det inte lönade sig att fördjupa sig fullständigt i händelsen. Allt hade ju skett och inget gick att göra ogjort. Stödet från Leila och en del andra kollegor kändes bra för det sargade självförtroendet. Även supportet han fått av Peters föräldrar, som faktiskt krävt att han skulle fortsätta leda utredningen, var gott att luta sig mot. Det mest sannolika straffet förutom eventuellt avsked och fängelse, som han skulle få leva med i all framtid, var förmodligen känslorna han byggt upp inom sig. Moraliskt var skjutningen helt åt helvete, det kunde han kallt konstatera när han ställde cykeln under skärmtaket vid polisstationen.

-Godmorgon Olsson, du menar inte att du är kvar här än? frågade Jesper förvånat.

-Bilen jag blev av med igår kväll, hittades runt midnatt. Den gick att hitta tack vare spårsändaren i den. Knappt en mil härifrån, i Oxelösund, stod den prydligt parkerad i centrum med nyckeln under solskyddet. Sedan dess har jag och Chapman letat som tusan, men tyvärr inte hittat Albert, svarade hundföraren.

-Jaha, det var ju synd att ni inte fick tag på honom, men jag förstår att ni gjort allt som går. Nu ska jag in till internutredarna, så vi får väl se om det blir repet eller giljotinen, sade Jesper och garvade osäkert.

-Det är klart att de bjuder väl inte på tårta precis, men jag tror ändå att de begriper att det är bäst om du får fortsätta leda eftersökningen, svarade Olsson.

-Jag ska ha en mugg kaffe i alla fall innan det är dags, ska du med och fika? undrade Jesper.

-Jag tänkte först stuckit hem för att sova ikapp lite, för jag jobbar hela helgen. Men när du frågar, så inser jag att det är nog bättre om jag håller igång till lunch, för det snurrar bara i skallen ändå. Jag behöver helt enkelt varva ner långsamt för att koppla av. Det går inte att stanna på nolltid om allt har gått för fullt precis innan, förklarade hundföraren.

-Jag förstår exakt hur du menar. Det är som om hjärnan måste kylas av en del innan det går att koppla av, fortsatte Jesper medan han tryckte fram varsin kopp.

-Sedan vill jag ju för allt i världen inte missa min lilla mammas lunch idag, det blir nämligen fläsk och bondsås. Har jag sagt det redan? undrade Olsson.

-Jag har ett svagt minne av att du nämnt det. Men du är ledig i eftermiddag förmodar jag, eftersom du varit igång så länge, spekulerade Jesper.

-Ja, det är jag, men det skulle jag inte ha varit från början. Om det behövs hjälp av spårhund i eftermiddag får myndigheten kalla in någon annan, för Chapman behöver också ta igen sig efter ett sådant här pass, förklarade Olsson.

-Jag förstår, det kan vara bra för mig att veta om jag eventuellt få jobba vidare med fallet. Nu är det visst dags för mig att få min dom. Ha det bra! sade Jesper och ställde ifrån sig muggen.

-Det går fint ska du se, det känner jag på mig, svarade Olsson uppmuntrande.

Jesper nickade bara till svar innan han gick iväg. Plötsligt fick han en förnimmelse när han såg att mattan i korridoren till expeditionen var grönaktig! Omedelbart kom han att tänka på en filmklassiker med Tom Hanks som han sett ett flertal gånger. Den hette den "The green mile" och handlade om dödsdömda som snart skulle sättas i elektriska stolen för att likvideras.

Så vitt han kunde minnas, hade mattan i filmen samma färg som den han gick på nu, vilket fick honom att rysa i hela kroppen.

-Hej Jesper, välkommen in och sätt dig! Jag förmodar att du vill ha bullfika, sade en av utredarna när han gick in genom den öppna dörren.

-Ja tack, det kan behövas. Ska sanningen fram, så tror jag aldrig att jag någonsin varit så nervös som inför det här samtalet, svarade Jesper osäkert.

-Det kan vi förstå och det är ju fruktansvärt allvarligt det som har hänt. Vi pratar ju för tusan om en dödsskjutning av en polis, sade den andre som verkade mer barsk.

-Jag önskar innerligt att det aldrig hade hänt. Efter omständigheterna handlade jag dock exakt som jag ansåg var rätt. Här såg jag faktiskt en beväpnad person på väg mot en småbarnsmamma med barnvagn! Jag försökte hejda gärningsmannen genom rop och varningsskott, men inget hjälpte, det kan min kollega intyga, fortsatte Jesper.

-Ni borde känt igen er medarbetare, ni jobbade ju för fasen på samma polisstation! Ert agerande byggde inte på ren fakta, utan bara indicier! sade den barske med iskall blick.

-Moraliskt sett kommer jag aldrig förlåta mig för det som skett, det förstår ni säkert. Men som sagt, som det såg ut på plats så hävdar jag ändå att jag handlade rätt. Om vi istället tänker oss att mamman med babyn kommit till skada eller dödats, så hade väl inte det på något sätt varit lindrigare, sade Jesper.

-Jag går på din linje och förstår vad du menar. Det hårdaste straffet man kan få vid ett sådant här tillfälle, det har du redan fått och det är på livstid. Det kommer inte gå ett dygn i ditt fortsatta liv som du inte tänker på det här, sade han som välkomnat honom in.

-Det är jag införstådd med och jag vet ärligt talat inte än om jag orkar leva med det, men jag måste väl försöka, svarade Jesper tyst och tittade ner på den gröna linoliummattan, som tydligen fanns inne på expeditionen också.

-Inget kan få Peters liv tillbaka igen, det är odiskutabelt. I normala fall hade säkert både vi och en åklagare låtit stänga av dig tills vidare. Nu hamnar allt i en annan dager, för Peters förädrar har insisterat på att du ska vara kvar i tjänst. Så domen lyder som så, att du kvarstår som utredningsledare och arbetar på som vanligt. Jag beklagar att du kommer få leva med den här traumatiska händelsen, fortsatte han.

-Se till att gripa Albert Jacobsson nu, för en sådan psykopat skall inte gå lös på våra gator, tillade den barske och antydde att mötet därmed var avslutat.

-Jaha, tack så mycket då, stammade Jesper fram.

-Det är sådana som du som ser till att få saker gjorda inom kåren och då kan det även bli missöden ibland. Personligen anser jag att poliser som beter sig tvärtom inte tillför speciellt mycket, tillade den ene utredaren innan de sade adjö.

-Gick det bra? frågade Leila oroligt när Jesper kom till sitt kontor.

-Tja, efter omständigheterna så gick det väl hyggligt. Det vill väl till att jag inte klantar mig fler gånger, för då kan nog utgången bli en annan.

129

Hur som helst, så får du stå ut med att jobba med mig i framtiden också, förklarade hennes chef.

-Underbart! Jag kan inte tänka mig att vara kvar på avdelningen om du försvinner. Jag var bara tvungen att komma hit tidigare för att höra hur det gick, så jag åt ingen lunch hemma. Nu är det jag som bjuder dig på lunchbuffè om du inte har något emot det förstås! föreslog Leila.

-Jag är ganska mätt efter den halva pizzan igår, men det är klart att vill du bjuda så ska du få göra det. Dessutom är det fredag och då brukar vi ju käka ute, svarade Jesper.

-Bra kriminalkommissaren, rätt svar! Mot restaurangen på Folkungavägen, där krubbet väntar! sade Leila.

-Men klockan är ju bara elva, ska vi dit redan? frågade hennes chef förvånat.

-Fördelen med att gå nu, är att vi därigenom kan ta god tid på oss och njuta av alla läckerheter! förklarade hon medan hon tog på sig ytterkläderna.

- - - - -

Kapitel 14

På väg ut till cykelstället tog Scotten fram sin mobiltelefon för att se om Ludvig skrivit något, vilket han hade. I stadsdelen Brandkärr hade han tydligen hittat bilen som de letade efter. Ägaruppgifterna på fordonet verkade inte stämma, för där angavs en kvinna som nyligen fyllt sextiofem. Förmodligen någon som satt upp tanten som ägare för att på så vis få lägre försäkringspremie, antog Scotten medan han ringde upp Ludvig.

-Tjena, som du ser har det nappat, så det var lokala typer som rånade mig, sade Ludvig.

-Hallå! Ja, det var precis som vi trodde. Hur ska vi gå vidare nu? Jag hoppas att du inser att vi knappast kan ge oss på ett helt gäng och samtidigt gå oskadda därifrån, resonerade Scotten.

-Om du kommer runt nitton ikväll, så hoppas jag att det blir lagom. Det krävs att vi har lite tur den här gången, men jag kom nyss på hur jag ska bättra på oddsen, svarade Ludvig.

-Det låter ju väldigt lockande! Tänk bara på att vi har varsin flickvän att skydda också, så det är inte som för några år sedan, förtydligade Scotten.

-Jag vet och det ska inte innebära någon fara för varken tjejerna eller oss. Däremot har jag planerat en typ "tack för senast present" till de som snodde min Rolex, fortsatte Ludvig och garvade.

-Det låter trevligt! Inte för att jag tror att din present kommer att uppskattas, men det har du väl knappast räknat med heller, antog Scotten.

-De ska få vad de förtjänar plus ränta, för i sådana här lägen vill jag inte verka snål. Nu kommer det in en kund här och ska hämta sin TV, men vi ses ikväll då, sade Ludvig.

-Visst, jag kommer, svarade Scotten och tryckte på röd lur.

Innanför lägenhetsdörren väntade Henrik ivrigt på att få träffa husse och komma ut en sväng. Så fort matlådan placerats i mikron tog Scotten på honom halsbandet och sedan bar det av ut till parken för en visit. Av en slump hamnade de vid platsen där han hittat Pecka för några dagar sedan. Egentligen ville han undvika det här området, men av någon outgrundlig anledning blev det inte så den här gången. Snabbt drog han Henrik därifrån, för den här platsen bakom bänken gav honom omedelbart kalla kårar längs ryggraden, som var riktigt obehagliga. Att han skulle kunna förtränga hela händelsen genom att aldrig gå förbi där mer, trodde han inte på själv. Men just den fruktansvärda förstärkningen som uppkom när han befann sig på platsen, gällde det att se till att undvika. Scotten lovade sig själv att aldrig någonsin mer gå in på den lilla gångstigen förbi bänken. De salta pannkakorna trängde åtminstone för stunden bort tankarna på Lindström och nu kunde han se fram emot att bara ha några timmar kvar på arbetsveckan, innan det var dags för ledighet. Det sista Scotten såg innan han skulle stänga dörren efter sig, var Knasen som med makliga steg gick från matskålen för att ta en eftermiddagslur i soffan. Den katten vet nog inte vad stress är för något, tänkte han på väg ner för trapporna. När Scotten skulle ta på sig hjälmen hajade han till över att dess ljusdioder tänts. Visst var det en sådan där dag som det aldrig blev riktigt ljust, men det här var ändå ingen uppiggande upptäckt.

-Skit samma, inget att göra åt, utbrast han för sig själv och trampade iväg mot sitt jobb igen.

Allt flöt på som det skulle, ända fram till eftermiddags rasten.

-Tyvärr går företaget inte tillräckligt bra för att vi ska kunna behålla nuvarande arbetsstyrka. Till att börja med kommer två av er att få sluta, men vänder det inte blir jag tvungen att stänga verksamheten, sade bossen.

-Vilka är det som inte får vara kvar? frågade Scotten oroligt.

-Det är de två senast anställda och de är underrättade. Det kan bli så att en av dem får stanna, om vår äldste man på stället går i pension ett år tidigare än planerat, men det är för närvarande oklart, fortsatte bossen.

-Sedan är det jag som står på tur då, sade Scotten tyst.

-Visst, så ser situationen ut. Min förhoppning är dock att konjunkturen vänder, så vi kan köra vidare. Som ni förstår så kan alla vara med och bidra positivt här, genom att göra sitt yttersta så att vi slipper reklamationer och förseningar, tillade han.

Utan att svara, satt Scotten tyst kvar och funderade. Här hade han nyligen köpt en bil för sitt sista sparkapital och dessutom väntade han och Lisa barn i februari! Därmed skulle inkomsterna sjunka drastiskt även om han fick behålla sitt arbete. Att det skulle bli ansträngt även då visste Scotten, det hade han räknat på, men det gällde givetvis om han fick ut sin vanliga lön varje månad.

Försvann inkomsten, visste han inte hur de skulle få in tillräckligt med pengar. Möjligheten fanns väl hela tiden att sälja bilen, men det var ju bara en tillfällig lösning. Ett ytterligare alternativ kunde vara att han var hemma med barnet och Lisa arbetade istället. Det var visserligen inget han tänkt så mycket på tidigare, men det var kanske så det fick bli.

När arbetsdagen var slut, tog han som vanligt en snabbdusch på jobbet innan han satte sig på cykeln igen. Det gnistrade i asfalten så han förstod att väglaget inte var det bästa. Att risken var stor för att köra omkull, hade den fördelen med sig att han var tvungen att koncentrera sig på cyklandet istället och fick därmed skjuta jobbproblemen åt sidan.

Väl hemma, gick han moloken upp för trapporna och innanför dörren möttes han återigen av Henrik.

-Dig blir man alltid gladare av att få träffa! utbrast Scotten och kramade om honom. Under promenaden runt kvarteret, såg han att jourbutiken sålde ut kanelsnäckor för halva priset, så han beslöt sig för att köpa med ett knippe till kvällen. Han anade att det kunde bli rätt så lång väntan på att rätt tillfälle skulle infinna sig, för det var vad han tyckt Ludvig underförstått hade sagt.

Lagom tills det ringde på dörren hade han fått crepesen färdiga och dukat köksbordet till Lisa.

-Hej! Jag har Ebba med mig, vi kanske hyr en film på Netflix sedan, ropade hon från hallen.

-Trevligt, då kan Ebba ta disken sedan! Vad ska ni se för film? svarade Scotten undrande.

-Det har vi inte bestämt än, förmodligen

blir det väl något utan skjutvapen och biljakter i alla fall, svarade Lisa.

-Det låter ju otroligt spännande! Man kan ju undra hur du ska kunna hålla dig vaken ända tills den är slut, fortsatte Scotten.

-Här ligger det ju en hel kasse med kanelsnäckor! Vad snällt av dig att köpa det till oss, sade Ebba syrligt till sin bror.

-Dem får ni inte röra, för de ska Ludvig och jag festa på när vi är spanare ikväll! svarade Scotten oroligt.

-Inga problem, för vi gör en sats muffins till oss istället! När skulle du sticka till Ludvig förresten? frågade Lisa.

-Jag ska vara där om en halvtimme, så det är lugnt, svarade Scotten när de ätit färdigt kvällsmaten.

-Perfekt, för då hinner du diska innan du går! Jag ska nämligen visa Ebba mina nya kläder som jag fått med från jobbet, förklarade Lisa.

Mållös satt Scotten kvar någon minut. Tankarna hade just kommit tillbaka på att han kanske var utan arbete snart och vad det kunde ställa till med. Helst hade han velat prata med Lisa om det direkt, men det kändes inte alls som att det var läge för det i nuläget. Inte bara för att syrran var på besök, utan kanske mest för att Lisa verkade ovanligt glad och pigg. Några minuter senare var disken fixad och han drog på sig jackan för att gå till Ludvig.

-Jag drar nu, ha det så trevligt! sade Scotten.

-Tack detsamma! Det är inte säkert att det blir några muffins över, svarade Lisa och gav honom en puss.

- - - - -

Leila försökte summera eftermiddagen när hon var

på väg hem, utan att få någon riktig klarhet. Sökandet efter Jacobsson pågick fortfarande av hennes kollegor, men hade trappats ner i omfattning. Det var som att han försvunnit spårlöst från Oxelösund, eller låg och tryckte någonstans där. Pådraget härom kvällen och natten gjorde att hon fortfarande kände sig allt annat än utvilad, så hon visste att det skulle bli sängdags tidigare än vanligt till kvällen. Särskilt på grund av att hon behövde komma ifatt och orka arbeta hela helgen, resonerade hon och låste upp ytterdörren.

Samtidigt som Leila tog av sig sina skor, hörde hon att det kom ett sms. Det var från Petter och där stod att han borde vara hemma runt sju, för det hade kört ihop sig lite på jobbet.

Till svar skickade hon bara en tummen upp, för att visa att hon fått meddelandet.

Fortfarande hyggligt mätt, satte hon sig i soffan och lade upp benen på bordet. Det hade nu gått drygt ett dygn, sedan hon var med om när hennes chef sköt ihjäl deras kollega. Peter var den andra döda människan hon sett på mindre än en vecka, slog det henne. Bara sedan hon gått polisutbildningen för några år sedan, var det som om hela samhället förråats och blivt allt mer egoistiskt. På sociala medier försökte en del framhålla att allt var frid och fröjd, samt att alla som hamnat snett ofta hade en underliggande orsak till detta. Om det var en traumatisk uppväxt eller att de fastnat i en hiss när de var åtta år, spelade ingen som helst roll. Lik förbannat kunde de skylla på detta och därmed skulle man visa förståelse för deras beteende, oavsett hur jävligt det var. Plötsligt var det okej att råna äldre, sätta bilar i brand och trakassera folk på bussen. För att komma ifrån sina destruktiva tankar som inte hade något positivt med sig, gick Leila till köket för att fixa en rejäl balja kaffe. Under tiden bryggaren puttrade färdigt, fick det bli en kvick dusch och därefter tog hon på sig sin sköna overall.

För säkert tionde gången i ordningen, drog hon ut lådan i hallbyrån där de hade sina resehandlingar och pass. Det var nu mindre än fyra veckor tills Petter och hon skulle flyga till Teneriffa och gifta sig! Ytterligare en gång kollade Leila flygtiderna, så att de verkligen var som hon memorerat.

Betydligt piggare än för bara en liten stund sedan, bestämde Leila sig för att göra scones tills Petter kom hem. Hon visste att han gillade det och hon själv kunde säkert klämma i sig några också, för nu hade det gått massor med timmar sedan lunch.

-Nu är jag hemma älskling! Vad gott det luktar, bakar du? undrade Petter när han kommit innanför dörren.

-Hej! Jag har gjort scones, för det tror jag kan smaka nu när du varit ute i kylan, svarade hon.

-Det blir toppen! Jag har visserligen suttit inne och följt en schackturnering, men när jag skulle gå hem frös jag, förklarade han och satte sig vid köksbordet.

-Du vill väl förstås ha te till förmodar jag, sade Leila.

-Ja, det passar bäst. Hur har din dag flutit på? frågade Petter.

-Jag orkar inte gå in på några detaljer, men kan sträcka mig till att säga, att det varit väldigt påfrestande hela veckan. Helt klart är att jag går och lägger mig så fort vi har ätit färdigt, fortsatte hon.

137

-Det har jag full förståelse för. Minns jag rätt att du jobbar hela helgen? frågade Petter medan han bredde på ytterligare en brödbit, samt tog ost och marmelad.

-Ja, och det har jag lite blandade känslor för. På ett sätt hade jag hellre varit ledig, men så är det som så att vi är mitt i ett ouppklarat brott. Det skulle vara himla skönt om vi kunde gripa en viss person, för så länge som han går lös kan vad som helst hända, förklarade hon.

-Det låter som om du är farligt nära att låta ditt arbete styra hela ditt liv. Förmodligen har vi väl båda ett riskyrke på det området, svarade han.

-Jag vet att det är så och jag är medveten om att jag så att säga tar med mig jobbet hem ibland. Det är nästan alltid något som kräver att man anstränger sig till det yttersta. Kanske då även att man tänker på lösningar på fritiden, men det visste jag redan när jag sökte till polisen, berättade Leila.

-Du får ursäkta om jag inte lyssnar riktigt på vad du säger, för jag tycker du är så snygg! Det är du alltid, men lite extra när du har blött ner ditt hår och inte borstat dig så noga, sade Ludvig.

-Ha, tja då finns det väl ingen anledning till att jag fortsätter att snacka om djupa saker! Går du igång på att jag har på mig min mysoverall också? undrade Leila och skrattade.

-I mina tankar har den åkt av för länge sedan! Kom älskling, sade Petter och gick mot sovrummet.

- - - - -

Ludvig hade redan satt sig i Saaben när Scotten kom.

-Tjena! Jag lämnade min telefon hemma, har du på dig din? frågade Scotten.

-Nej, den är i min lägenhet så vi inte kan spåras. Jag har varit och köpt varsin dricka plus att jag fyllt en termos. Vad har du med dig i kassen? undrade Ludvig.

-De sålde ut kanelsnäckor för halva priset, så jag köpte med ett lass. Tänkte att det kunde sitta fint när vi ska sitta och spana, förklarade Scotten medan han tog på sig bilbältet.

-Ha! Riktiga snutar som sitter och väntar på något äter munkar! Men okej, det går säkert bra med det du har med dig också, fortsatte Ludvig samtidigt som han startade.

-Det var ovanligt med halvliters stilldrink i glasflaskor, det trodde jag knappt att de sålde längre, berättade Scotten.

-Efter lite letande så fick jag tag i dem, för jag ville ha just den här sorten, förklarade Ludvig.

-Jaha, du har säkert någon slug baktanke med det. Tusan vad du eldar på värme i bilen, tycker du det är kallt? undrade Scotten.

-Än så länge är det lite ljummet, men jag vräker på nu så att bilen håller sig varm längre, för jag kan inte stå på tomgång hela kvällen, sade Ludvig.

-Okej, då tar jag av mig jackan så länge, annars flyter jag bort. Dina blåmärken syns lite mindre nu, men värker det fortfarande i kroppen? frågade Scotten.

-Särskilt om jag stöter emot något ställe där jag fick stryk, så smärtar det. Får väl inse att jag hade rätt mycket tur som förmodligen slipper framtida men från misshandeln i alla fall, fortsatte Ludvig.

-Har polisen hört av sig mer om de hittat några misstänkta? undrade Scotten.

-Nej, och det var ju inte väntat heller. Det var en

snut som ringde igår och frågade om jag mindes något mer från händelsen, men det gjorde jag förstås inte, tillade Ludvig.

-Med andra ord så berättade du inte nu heller, att du tagit en bild på dem. Tror du inte att det varit säkrast för oss om polisen fått sköta det här? frågade Scotten.

-Nej, det är jag bergsäker på att det inte hade varit! Du vet hur det blir, gärningsmännen får direkt veta att jag fotat dem och sedan är det kört! sade Luvig bestämt.

-Jag håller med dig, men ville ändå kolla att du var säker på dina åsikter. Är det på den här parkeringen du sett deras bil? frågade Scotten.

-Visst, den stod parkerad på just den här rutan som jag backar in i nu. Antagligen är de väl ute i något ärende och kommer om en stund. Har vi otur så dröjer det, men jag tänkte att vi kan vänta till midnatt, sedan skiter vi i det och åker hit imorgon kväll igen, förklarade Ludvig.

-Om vi nu leker med tanken att de dyker upp här om en stund, hur ser planen ut då? undrade Scotten.

-Ser du något speciellt med den där V 70:n som står parkerad där borta? undrade Ludvig och nickade.

-Nej, inte direkt. Möjligen att den ser lite trött ut och har hängrumpa. Jag skulle tippa att den är runt femton år gammal, summerade Scotten.

-Luften är utsläppt ur bakdäcken, det fixade jag på förmiddagen så att bilen förblir parkerad där ett tag. Jag har också tömt en tub med superlim i låset så ingen kommer in i den och kan flytta fordonet. Det är viktigt att Volvon står kvar om min plan ska gå i lås, sade Ludvig.

-Men bilen på bilden var ju vit och den där

är faktiskt silvergrå! På köpet sade du när vi kom hit att gängets Audi A6 stod parkerad i den här rutan, så var kommer den där V 70:n in i bilden? frågade Scotten fundersamt.

-Den silvergrå bilen går på gas, en Vovo bi-fuel. Samma typ av sprängmedel som jag använde på kassaskåpet, har jag apterat innanför tankluckan. Den har två tankrör, ett till bensintanken på tjugoen liter och det andra till gasflaskorna som ligger under golvet. De rymmer 21 kubikmeter gas! På Youtube har jag sett filmer som visar verkan om man tänder på en laddning vid tanklocket! Det blir en jävla smäll och det står en fet eldkvast ut ur hela sidan på bilen! Jag anser att vi knappt sitter riktigt säkra här, när jag fjärrutlöser bomben. Därför får vi börja åka härifrån när vi ser att de parkerar bredvid gasbilen. Sedan får vi ha koll i backspeglarna för att se när det är dags att trycka av, förklarade Ludvig och skrattade.

-Jaha, jag tror jag hänger med. Det enda jag inte begriper, är var glasflaskorna med dricka kommer in, sade Scotten.

-Är de inte här före midnatt, slår vi sönder dem i de tomma p-rutorna. Då är sannolkiheten stor att de väljer platsen bredvid gasbilen. Står deras bil parkerad där imorgon kväll, så hoppas vi att de tänker åka iväg när vi kommit hit efter bowlingen, fortsatte Ludvig.

-Har du funderat något på vad konsekvenserna blir, jag menar, tror du att de över huvud taget överlever? undrade Scotten.

-Jag kan tänka mig att de får lida av utbrändhet sista tiden de är i livet. Nu är det dags för fika! sade Ludvig.

- - - - -

Kapitel 15

Med stor förväntan att Albert hittats under natten, cyklade Jesper till jobbet. För att slippa frysa i onödan, drog han upp tempot vilket inte var så svårt, för det var osedvanligt lite människor ute. Visserligen var det lördag morgon och folk ville väl sova ut och ta igen sig, men det borde varit några fler ute ändå, resonerade han. Nästan med en gång kände han att näsan började rinna, vilket var standard den här årstiden när han var utomhus. Så fort jag kommer fram till stationen måste jag snyta mig, tänkte han och slutade trampa för att rulla sista biten.
-Morrn chefen! Då var det dags för en ny dag igen! utbrast Leila under skärmtaket.
-Godmorgon! Varför står du här i skumrasket och gömmer dig? frågade Jesper som blivit lite överrumplad.
-Det är låset som kärvar. Man kan tycka att ens grejer ska få vara ifred om man parkerar utanför polisen, men fasen vet om det inte är mer sport för vissa att sno grejer just här, fortsatte Leila irriterat.
-Jag har låsspray på mig, lyser du på låset, så ordnar jag det där på nolltid, svarade hennes chef.
-Schysst, för det där är en grej jag lovar mig själv att fixa, likväl blir det aldrig av för att det kommer något annat i vägen, förklarade hon.
-Man ska ta tag i problemet med en gång, så det är ur världen sedan. Det är likadant om du får en traditionell räkning i brevlådan. Efter att man öppnat kuvertet och kollat att den stämmer, ser man till att betala den omedelbart så det är klart,

142

förklarade Jesper.

-Jag ska försöka ändra mitt beteende på den punkten, för jag vet att det stämmer och du har sagt samma sak förr. Tack för hjälpen med låset, sade Leila och släckte mobiltelefonens ficklampa.

-Det är lugnt. Nu går vi in och ser om nattens jakt varit god! fortsatte Jesper och höll upp dörren.

-Ja, tänk om de gripit den där förbaskade Jacobsson! Det är ju så jäkla snopet att han slunkit ur vårt nät ett par gånger nu, svarade hon.

-Bra att ni kom, alla enheter ska till Oxelösunds stadspark, det kom ett larm för åtta minuter sedan! En privatperson har sett en polisklädd individ där, som förmodligen är drogpåverkad! Enligt uppgift ska han vara knivbeväpnad, berättade Linn för dem så fort de kommit in.

-Okej, då är det bara för oss att sticka direkt! Du får vara kvar här då och hålla ställningarna själv, för nu under helgen är ju expeditionen stängd, svarade Jesper.

-Jag har bilnycklar här, sade Leila innan de rusade ut till parkeringen på bakgården.

-Plattan i mattan nu för tusan, Leila! vrålade Jesper direkt när de satt sig i bilen.

-Jag vet, måste bara se upp så att jag inte kör ihjäl någon på vägen. Det kan faktiskt vara något sömnigt tidningsbud som är ute och trampar utan lyse mitt i vägen så här dags, förklarade hon.

-Det står ändå inte så mycket av värde i den där blaskan, muttrade han och försökte lugna ner sig.

-Undrar hur den där Albert tänker egentligen, fortsatte Leila fundersamt.

-Menar du hur det är möjligt att han behåller uniformen på, samtidigt som han förmodligen är påtänd? undrade hennes chef.

-Precis just det! Det är väl inte särskilt listigt, eller? frågade hon.

-Tja, efter en fruktansvärd nervspänning är det nog ett fullt naturligt beteende, svarade Jesper.

- - - - -

På något sätt var det lite annorlunda när Scotten vaknade och till en början kunde han inte komma på vad det var. Som vanligt hade han väckts av att Henrik slutat snarka och därmed var det läge att lämna sängvärmen. Till sin glädje kom han plötsligt på att det faktiskt var lördag och därmed behövde han inte stimma iväg till sitt arbete. Istället kunde han gå och lägga sig en stund igen efter morgonpromenaden och sedan njuta av en god frukost tillsammans med Lisa, utan att känna tidspress. Nere i parken kom han att fundera på fredagkvällens äventyr, som inte gett mycket mer än att alla kanelsnäckor som han hade köpt, otroligt nog tagit slut. Ända till midnatt hade han och Ludvig suttit i Saaben, men Audin de väntat på, dök aldrig upp. Innan de begett sig därifrån hade de slagit sönder glasflaskorna de haft dricka i, på de två tomma parkeringsfickorna för att försöka få förövarna att välja platsen bredvid Volvon, som Ludvig preparerat. Förhoppningsvis skulle gängets bil stå parkerad där, när Ludvig och han återkom framåt kvällen.

Scotten tyckte att det kändes aningen kallare ute igen och en blick bortåt deras V 60 besannade hans antagande, för rutorna på bilen var alldeles nedisade. Huttrande drog han med sig Henrik igen för att komma in i värmen bredvid Lisa i sängen. Visserligen var han inte särskilt trött nu, för ruskvädret hade definitivt fått honom att vakna till. Jädra typiskt, tänkte han, nu när han för en gångs skull hade möjlighet att somna om, så var han inte trött. Uppför trapporna bestämde han sig ändå för att krypa ner i sängen ett tag och bara slappa.

-Morrn älskling! När jag hörde att du gick ut med hunden, blev jag sugen på att gå upp och baka! Kan du bädda så har jag frukosten färdig om en stund, för degen måste ändå jäsa, sade Lisa hurtigt när han kom in.

-Ojdå! klockan är ju inte ens sex, ska vi redan gå upp? svarade Scotten förvånat.

-Ja, det är lika bra så att vi hinner få något gjort! Var det klockan tre eller fyra vi skulle spela bowling? frågade hon.

-Vid sexton har vi en bana bokad. Tyvärr har jag lite ont i handleden för Henrik drog till rätt hårt när vi var ute, förklarade Scotten.

-Jaså, det var väl inte likt honom, var det för något speciellt? undrade Lisa.

-Jag är inte säker, för det är fortfarande ganska mörkt ute. Det kan ha varit den där blandrashunden han sett, förklarade han.

-Nej men Henrik, har du inte gett upp hoppet om Stella! Det är nog lite cocker spaniel i jycken, så jag kan förstå att du går igång på henne, men Stellas matte tycker inte att ni ska inleda ett förhållande, sade Lisa och tittade blodhunden djupt i ögonen.

-Jaså, heter den jycken Stella, det visste jag inte. Hade inte Henrik varit en sådan pussy thief, hade jag lätt vunnit bowlingen i eftermiddag, men nu är jag rädd för att jag måste använda vänsterhanden när jag skickar iväg klotet, beklagade sig Scotten.

-Ha, skyll inte på Henrik för att du är värdelös! Som sagt, vinner jag får du bjuda mig på en shoppingrunda! svarade Lisa och skrattade.

- - - - -

-Bra Leila, äntligen har du hittat gaspedalen! Ta vänster vid nästa avfart, så kommer vi fram fortare till parken! sade Jesper.

-Jag vet, hoppas bara att Albert inte har hunnit försvinna från platsen, svarade hon.

-Är Jacobsson lite hög, lär han nog vara kvar. Det är dock oroande att vittnet sett honom med kniv, för då vet man ju aldrig vad han hittar på, fortsatte hennes chef.

-Det verkar som att ett par patruller är på väg häråt genom parken, för jag ser lysen där. Med viss tur borde de väl driva Albert framför sig och rakt mot oss, spekulerade Leila och tvärstannade vid vägkanten när de var framme.

-Det låter troligt. Tänk på att vi inte har några skyddsvästar på oss och se till att vara skjutklar, sade han och tog fram vapnet medan han rusade från bilen.

-Jag tycker att jag ser honom uppe på höjden där! ropade hon och pekade.

-Ja, jädrar i det! Häng på! skrek Jesper och började springa.

-Typiskt, det kommer ett anrop från

polisstationen, jag måste svara, sade Leila.

-Skit i det nu, det här är viktigare! Vi får inte under några omständigheter missa det här tillfället att gripa Albert, för det kommer kanske aldrig mer igen, svarade Jesper andfått.

-Okej, då får vi kolla så snart vi kan, vad Linn ville. Jag kutar till vänster och genskjuter honom! vrålade Leila.

-Bra, gör så! skrek hennes chef och försökte se vart mannen tagit vägen.

-Jag har sprungit omkull Albert, kom och hjälp mig! ropade hon.

-Perfekt, jag kommer och sätter handbojor på honom! ser du någon kniv? frågade Jesper.

-Nej, antingen har han väl tappat den, eller så kanske han inte hade någon från början, förklarade Leila.

-Satfläsk! Det här är ju fjärt-Ove och inte Albert! Varför har du polisjacka på dig och var har du snott den? frågade Jesper.

-Det är ju så jädra kallt ute, så jag fick den av en polare. Jag blev av med min rock igår som jag haft senaste tiden, så det var jätteschysst att jag fick den, berättade fjärt-Ove.

-Den där får du inte gå omkring med, för det är inte tillåtet! Du får följa med in till stationen, så kör vi dig till socialen när de öppnar. De får ge dig pengar till en rock så du slipper frysa, sade Jesper.

-Jag kände inte igen honom, vad heter han egentligen? frågade Leila tyst när de gick tillbaka till bilen.

-Han har sysslat med blandmissbruk i många år och heter egentligen Gert-Ove. Varför han kallas något annat hoppas jag du slipper känna när vi åker till Nyköping, svarade Jesper och log.

-Jaså, på det viset, hehe! Jag undrar varför inte Linn svarar? Du sade ju till henne att hålla ställningarna när vi var borta, fortsatte Leila.

- - - - -

Efter att ha bäddat, njöt Scotten av de varma och sköna strålarna i duschen. Ytterst lite trängde doften av Lisas bak in i badrummet, men det var fullt tillräckligt för att det skulle vattnas i munnen på honom. Scotten tänkte, att om bara en liten stund skulle han få avnjuta de varma kardemummabullarna som kom direkt från ugnen. Just nu var det som om hela livet var på topp, med tanke på hur bra han hade det. Visst var det oroligt kring anställningen på Allsvets AB och vad som kunde hända under kvällen, om Ludvig och han konfronterades med rånargänget. Ändå var det sådana problem som egentligen inte fanns ännu och de var därmed inte lönt att ägna tid åt. Det som istället var super positivt var, att Lisa och han snart skulle bli föräldrar! Senaste kontrollen hade visat att det var en rätt stor krabat på gång enligt kurvorna, hade barnmorskan sagt. Mycket berodde det förmodligen på att han själv inte var någon pygmè precis. Det var inget som berättats av någon vitrock, utan en grej han bestämt hade för sig att han läst i någon tidning, just att långa föräldrar ofta fick barn som inte var speciellt korta. Tio minuter senare än om de bott i ett hus, stängde han av blandaren. Att det skulle bli betydligt kortare duschar om de en gång skaffade eget, var han fullt införstådd med. Som det var nu när de hade obegränsat med varmvatten, sket han i om hyresvärden fick mer att betala. Visserligen borde det synas på hyran framöver, men det var en senare fråga. Röd som en kokt kräfta, steg han ut på badrumsmattan och började frottera sig. En koll i den immiga spegeln gav inget svar på hur frisyren såg ut, men han antog att den var liknande en igelkott.

-Nu är första plåten färdig, vill du ha ett par bullar och en kopp kaffe? undrade Lisa.

-Det behöver du inte fråga, jag kommer direkt, svarade Scotten.

- - - - -

Leila lät hela tiden signalerna gå fram till polisstationen, men ingen svarade.

-Jag kom just på, att Socialkontoret har stängt idag för att det är lördag. Tror du det finns några kvarglömda ytterkläder hos oss som vi kan ge Gert-Ove? frågade Jesper.

-Ja, det vet jag att det gör. Det finns ett helt förråd med persedlar som ingen brytt sig om att hämta, så det problemet går säkert att lösa. Tänk om Linn kunde svara någon gång, fortsatte hon oroligt med att säga.

-Vi är där om två minuter och förhoppningsvis finns det en naturlig förklaring, svarade hennes chef lugnande.

-Jag hoppas du har rätt. Vi får låta Gert-Ove sitta kvar i bilen medan vi går in, för jag misstänker att allt inte står rätt till där inne, förklarade hon.

-Vi kan gå på din linje, för säkerhets skull. Är det som du anar kan det bli hur fel som helst, om vi har med någon utomstående. Jag parkerar här utanför ingången så vi kan rusa in direkt, fortsatte han.

-Tusan, jag ser ingen innanför luckan, var kan hon vara någonstans? ropade Leila.

-Vi får söka av lokalen systematiskt. Se till att vara skjutklar, för vi vet inte om Albert har kommit in och övermannat henne, svarade Jesper.

-Är du här Linn? Det är Leila som frågar, skrek hon hysteriskt.

-Jag har låst in mig på det här kontoret. Är Jacobsson kvar där ute? hördes Linn säga.

-Vi har inte sett honom än, men vi söker igenom alla utrymmen nu. Tills vidare är det bäst om du stannar där inne, går det bra? undrade Leila.

-Det är okej för mig. Kontrollera noga, för jag vill inte bli överraskad av honom igen, svarade Linn.

-Han kan inte vara kvar här, för nu har vi genomsökt alla rum. Du kan låsa upp nu och komma ut, förklarade Jesper.

-Jag begriper inte hur han kan ha tagit sig härifrån, berättade Linn när hon likblek kom ut från kontoret.

-Orkar du ge en kort redogörelse för vad som har hänt? frågade Leila.

-Jag ska försöka, svarade Linn och satte sig utmattad på en stol. Bara fem minuter efter att ni åkt iväg, ropade en man i porttelefonen. Han sade att han sett en knivbeväpnad man stryka runt på gågatan för en stund sedan. Av någon anledning brusade det i min högtalare, så för att inte missförstå något, öppnade jag dörren och lät honom komma in. Så fort han var inne, såg jag vem det var, utbrast Linn och började gråta hejdlöst.

-Jag kan tänka mig att det var en otrolig chock för dig att träffa på Albert så här, men jag måste ändå be dig fortsätta berätta, sade Jesper bestämt.

-Det där hånleendet han har i vissa lägen, kan få mig att stelna av skräck! Avsaknaden av empati och hans förmåga att göra andra riktigt illa, bara lyser i Alberts ögon vid sådana här tillfällen, förklarade Linn när hon hämtat sig lite.

-På något sätt lyckades du i vart fall klara dig från fysisk misshandel den här gången, efter vad jag kan se. Hur bar du dig åt för att undgå det och varför anade du att han var kvar här på polisstationen? frågade Leila.

-Tyvärr hade jag inte mitt tjänstevapen på mig, för det skaver så förbannat mot höften om man sitter i en kontorsstol. Hade jag haft det, skulle jag skjutit honom på fläcken! Istället fick jag användning av elchockvapnet. När Albert var cirka sju meter ifrån mig, avlossade jag vapnet, först mot underkroppen och sedan bröstkorgen. Han kved av smärta och vek sig som en fällkniv. När jag såg att han förblev liggande på golvet, rusade jag in på kontoret och låste efter mig. Hade han följt efter, hade jag avfyrat elpistolen igen, för det verkar vara jäkligt effektivt, förklarade Linn.

-Jacobsson måste ha återhämtat sig efter en stund och avvikit, för här är han inte. Vi får se till att sätta fart på Olsson och Chapman omgående och se om de kan spåra honom, berättade Jesper och tog fram sin mobiltelefon.

- - - - -

Kapitel 16

-Vi kanske skulle gå en sväng på stan när sista plåten är klar, eller vad tycker du? undrade Lisa när de fikade.

-Tja, varför inte. Henrik behöver ju röra på sig och jag med förresten. Hur går det för dig själv, orkar du gå eller får du väldigt ont? frågade Scotten.

-Går vi inte för snabbt är det nog bara behövligt. Värk det får jag oavsett om jag sitter still, står eller rör på mig. Det enda jag märkt på den fronten, är att det inte verkar finnas någon logik. Dessutom känner jag inte alltid av det direkt, utan det kommer först efter ett par timmar, förklarade Lisa.

-Ja, men då tar vi väl en tur sedan, i ditt tempo. Det är inte alls skönt ute, för det kände jag i morse. Men man känner sig väl lite nyttig när det väl är gjort och då kan man unna sig lite belöning. Typ några bullar kanske, sade Scotten och log.

-Nu får det räcka med bullätande på ett tag, för de som återstår ska in i frysen, svarade hon.

-Hur lång tid tar det tills sista bullarna gräddat färdigt, hinner jag åka och tvätta bilen först? frågade han.

-Det tar högst trettio minuter, sedan är de klara. Först tänkte jag duschat innan vi gick, men det tar jag efteråt. Det är väl en av få fördelar med höstvädret, just att man kan ta på sig en rejäl stickad mössa och därmed slipper fixa håret innan man går ut, berättade Lisa.

-Då får jag ordna med bilen en annan dag, för på bara trettio minuter hinner jag inte. Är det något annat du vill att jag ska greja med? undrade han.

-Du får gärna diska upp allt jag dragit ner nu på morgonen, så är du nog sysselsatt ett tag, svarade Lisa samtidigt som äggklockan ringde för att en omgång bullar var redo att tas ut.

-Inga problem, det är givet att du inte ska behöva stå med det! Förresten var det otroligt goda bullar, fortsatte Scotten och tog en tugga på den sista som var framdukad.

-Mina bullar smakar alltid gott, det är ingen nyhet. Försöker du fjäska för att få fler, så går jag inte på det. Jag vill absolut inte ha en karl som har kulmage, sade Lisa bestämt.

-Typiskt, jag som trodde att jag skulle få ett par till. Jag hade för mig att kvinnor går igång på tjocka bukar, för de inger väl en hel del pondus, försökte Scotten.

-I min värld är det inte så. Ser jag att du börjar lägga på dig för mycket så sätter jag dig på diet, bara så du vet, fortsatte hon.

-Ingen risk att jag fetnar till som jag får slava, muttrade Scotten medan han skramlade med disken.

-Vad bra, nu ser jag att du snart är färdig. Glöm inte att torka av efter dig. Jag tar på mig ytterkläder så länge, sade Lisa.

-Du får nog väcka Henrik innan du tar på dig kängorna, för det hörs ända hit att han snarkar i sovrummet, sade Scotten.

-Jag tänder lyset i taket, så förstår han nog att det är dags att gå upp, förklarade hon.

-Du hade rätt det hjälpte, här kommer han ju! utbrast Scotten och skrattade.

-Precis som jag trodde! Visserligen har han väl ännu fler påsar under ögonen nu, men det var väl inte helt oväntat, svarade hon och tog på Henrik halsbandet.

-Nu är jag klar, ska bara dra på mig en extra tröja. Vart tycker du att vi ska gå? frågade han,

-Det är en nyöppnad heminredningsbutik på söder, vi kanske kan kika in lite där, föreslog Lisa medan hon öppnade dörren.

-Tja, så länge du kikar in så kostar det väl inget, mumlade Scotten samtidigt som han knöt sina kängor.

-Du får ta Henrik och låsa, så börjar jag gå sakta, fortsatte hon.

- - - - -

-Vad tycker du att vi ska göra idag? Jag vet att vi ska spela bowling vid fyra, men det är ju sex timmar tills dess, frågade Ebba.

-Det kan jag säga, att jag vill absolut inte ut och gå, för det inbjuder det inte till. Men jag har spanat en del på hus i närheten och jag ser att det är visning på det här idag klockan tolv, berättade Ludvig och gav sin mobiltelefon till henne.

-Titta på en villa, det låter spännande! Men har du helt glömt bort att jag pluggar än och därmed inte har någon inkomst? undrade hon.

-Du är ju färdig i maj, så det är väl lugnt. De söker ju efter förskollärare för fullt, så det löser sig säkert. Hittar vi något hus som passar för en rimlig penning, lär vi inte komma intill förrän till försommaren ändå, förklarade han.

-Det du visar här, ligger faktiskt i Oxelösund. Finns det inga lämpliga villor i stan?

frågade Ebba.

-Visst finns det kåkar till salu här med, men då får vi räkna med att de kostar ungefär en halv gång mer. Det tar bara drygt 20 minuter med bil att åka de femton kilometrarna, så det är överkomligt. Förmodligen finns det arbete åt dig i närheten av Sundsörsvägen där huset ligger med, spekulerade Ludvig.

-Ja, jobb för mig lär det inte vara svårt att få tag i där heller. Visserligen är jag erbjuden arbete där jag gjort min praktik, men det är klart att flyttar vi till Oxelösund så söker jag en tjänst där, svarade Ebba och tittade intresserat på bilderna.

-Den här kåken ligger ute för lite över två miljoner och mycket dyrare tror jag inte att vi kan gå på. Tyvärr är det budgivning som vanligt, så risken är att det säljs för betydligt mer, fortsatte han.

-Har vi pengar till handpenningen, om jag inte minns fel är det väl femton procent vi måste betala i början? frågade hon.

-Jag har tvåhundra tusen och om jag inte minns fel sade du för ett tag sedan att du hade hundra på ditt konto. Det fattas trettiotusen, men dem tror jag att jag kan lägga undan på några månader, förklarade Ludvig.

-Jag vet att vi kan låna lite av mina föräldrar, om det kniper. Helst gäller det ju att vi kan betala själva, men det kan ändå kännas tryggt om det skulle komma någon oförutsedd utgift, berättade Ebba.

-Ska jag brygga på en termos att ta med, så köper vi en butterkaka någonstans? När vi kollat på huset kan vi åka ut till lotsstationen och fika, föreslog Ludvig undrande.

-Det kan vi alltid göra, men tror du inte att det blåser fruktansvärt kallt där? frågade Ebba.

-Jag tänkte att vi kunde sitta i bilen och fika, svarade Ludvig medan han tog fram en termos och ett par muggar.

- - - - -

-Jag tror Jacobsson fått skjuts från platsen! Nere vid Hamnvägen tappade Chapman vittringen på honom, förklarade Olsson med andan i halsen.

-Typiskt, då blir det nog värre att hitta honom nu. Sätt dig och vila lite så du inte stryker med. Man kan tro att du sprungit maraton, svarade Jesper och skrattade.

-Det skulle aldrig falla mig in att kuta runt som en galning! Jag är av den uppfattningen, att startar man tidigare så hinner man gå istället. Dessutom är allt över tvåhundra meter lika med avstånd som ska framföras med bil, sade hundföraren efter att ha hämtat andan i en fåtölj.

-Jag hörde precis att det saknas folk ikväll, för de som skulle jobba får för många arbetstimmar i sträck. Hur ska det lösas? frågade Leila.

-Jag tror vi får göra så här, att nu vid lunch går du och jag hem till arton. Sedan tar vi passet till tjugotvå. På det viset blir det lika många timmar som vi var planerade för under eftermiddagen, föreslog Jesper.

-Ja, så kan vi förstås göra. Händer det något under eftermiddagen får de väl kalla in oss, men normalt sett borde det räcka med mindre bemanning före arton som du säger, svarade hon.

-Det går bra för dig då, om vi förskjuter arbetstiden? frågade han.

-Ja, det är inget problem. Den här årstiden finns det inte mycket annat att göra än att sitta och titta på TV på fritiden. Det är skillnad när det är ljust och varmt ute, förklarade hon.

-Precis min åsikt! När det är så här, känns det ibland som om man skulle kunna jobba lite mer för att istället få ledigt under vår och sommar. Då finns det ju massor man vill göra i trädgården, sade Jesper.

-Ja, tänk så skönt det skulle vara att bara få luta sig tillbaka i en solstol eller slumra i en hammock och känna blomdoften! svarade Leila och drömde sig bort.

-Nu tänkte jag förstås närmast på att få plantera växter och odla grönsaker, muttrade Jesper.

-Sådant säljer de på torget, jag tycker inte att man ska ta levebrödet från dem. Jag cyklar hem nu då, för klockan är lika med lunchdags, sade Leila.

-Javisst, så syns vi här vid arton, svarade han och vinkade.

På vägen hem funderade Leila på vad som kunde bli gjort till nästa arbetspass. Hon visste att Petter var ledig, men inte riktigt vad han tänkt göra när hon jobbade. Det som Leila visste hade blivit åsidosatt under hösten, var att hon skulle behöva sätta i reflexer i alla deras ytterkläder. Som det nu var, tyckte hon det var ytterst genant att gå ut i mörkret utan att synas ordentligt, för hon skulle ju för tusan vara en förebild på det området!

-Jag har varit och handlat festmat till kvällen. Till lunch nu blir det pytt i panna och stekta ägg, hoppas det blir bra, ropade Petter från köket när hon kom in.

-Det blir kanon! Jag har fått lite ändrade arbetstider resten av dagen, men jag tror det finns en lösning. Från sex till tio ikväll jobbar jag, men visst borde det väl gå att festa på gott käk när jag slutar, föreslog hon.

-Tja, det spelar väl egentligen inte så stor roll. Är det något allvarligt som strulat till sig på ditt arbete? undrade Petter.

-Nej, inte alls! Det är bara för att det kört ihop sig lite. Vad har du tänkt att bjuda på när jag kommer hem? frågade Leila.

-Då blir det marinerad fläskytterfilè och bakpotatis med vitlökssmör. Till detta serveras det här vinet, berättade han och höll fram en flaska rödvin av märket Villa Righetti Ripasso.

-Det var inte dåligt! Firar vi något speciellt? frågade hon.

-Klart att vi gör! Vi ska fira att vi fått vara tillsammans ytterligare en dag! svarade Petter och kysste henne.

-Jag älskar dig, svarade Leila och slöt sina ögon.

- - - - -

Rejält nerkylda klev de in i sin lägenhet efter ett par timmar. Under hela promenaden hade solen endast visat sig några sekunder emellanåt.

-Vad tycker du vi ska äta i dag? Själv känner jag att det får bli något som går snabbt att göra iordning, sade Scotten undrande.

-Jag såg att vi hade några tjocka grillkorvar kvar i kylen, dem kan vi ta. Till dem gör det väl inget om vi tar makaroner för enkelhetens skull, föreslog Lisa och tog av Henrik halsbandet.

-Ja, det var en bra idé. Tusan vad jag fryser fortfarande, det får bli till att behålla extratröjan på, svarade han.

-Visst var det rått ute, helt fruktansvärt.

När vi ätit kan vi lägga oss under en filt och vila lite, för jag är ganska vätskefylld i mina ben efter att vi gått så långt, förklarade hon.

-Ja, det var hemskt långt till den där butiken, så det förstår jag att du vill. Hade de något du ville ha därinne förresten? undrade han.

-Nog fanns det en del snyggt som skulle passa i vårt hem, men tyvärr var det betydligt dyrare än att beställa grejerna på nätet. Den affären kommer nog få det svårt att överleva med de priserna, sade Lisa.

-Ändå borde de väl försöka locka till sig kunder nu när det snart är jul, med en del erbjudanden kan man tycka, fortsatte han.

-Det vore logiskt, men det enda jag såg där som var nedsatt, var doftljus och det tror jag folk passar sig för att köpa, svarade Lisa medan hon satte på spisen.

-Jaha, varför tror du att det är på det viset? frågade Scotten samtidigt som han dukade fram tallrikar, bestick och glas.

-Det är bara ett par veckor sedan de gick ut med en skarp varning, att just de ljusen var helt förkastliga. Det kunde räcka med att andas in lukten vid bara några tillfällen för att man skulle få allergiska reaktioner, förklarade Lisa.

-Det lät ju inte så bra förstås. Har vi ingen ketchup kvar? frågade Scotten när han sökt igenom kylskåpet.

-Fasen, jag visste att något var slut senast jag handlade, men då kom jag inte på vad det var, utbrast hon.

-Tja, det är inget att göra något åt nu. Vi har

i alla fall senap och smörgåsgurka hemma, så vi får nöja oss med det, fortsatte han.

-Jag skriver till ketchup på inköpslistan direkt, så vi inte glömmer det fler gånger. Nu är det färdigt att äta, berättade hon och ställde fram kastrullen och stekpannan på var sitt grytunderlägg.

-Det ska bli gott. Jag ser till att ladda på varsin mugg kaffe bakefter för det tror jag sitter fint. Sedan kommer jag och sätter mig, sade Scotten.

-Visst, det passar bra. Jag lägger upp mat så länge, svarade Lisa.

-Om jag inte minns fel, så finns det nog varsin glassbåt i frysen till efterrätt med. Värmer vi bananer i mikron att äta till, funkar det nog bra, sade Scotten och satt sig.

-Det kan vi festa på, för det är ju ändå lördag, sade Lisa. Efter fika och en stunds så kallad vila under en filt, var det dags att göra sig färdiga för bowlingen.

-Jag ber Ludvig och syrran att åka förbi här, så slipper vi ta två bilar. Det är knappt att jag tinat upp ännu, så jag vägrar att gå ut mer än nödvändigt, sade Scotten.

-Samma här, kolla bara när de kommer i så fall, så vi slipper att stå ute och frysa, berättade Lisa medan hon fyllde på matskålarna till Knasen och Henrik.

-De är här utanför om en kvart, skrev han i ett sms. Ikväll sticker jag ut en sväng med Ludvig igen, för han ville se om han kunde känna igen de som rånade honom, förklarade han.

-Lova att vara försiktiga, för det får absolut inte bli så att ni skadar er! Om ni ser dem så gäller det att ni kontaktar polisen och inget annat, är det klart? frågade Lisa bestämt.

-Klart som korvspad. Nu är det lagom att gå ner till porten för att de ska slippa vänta på oss, svarade Scotten.

-Tusan, har du sett min foundation? undrade hon.

-Det är inget jag lånar av dig dagligen, så svaret på din fråga är nix, sade han.

-Den ligger ju här på byrån under din cykelhjälm, jag visste att du hade gömt den för mig. Du får gå ner så länge, sade Lisa efter tio minuters febrilt letande.

-Okej, skynda dig lite, så det inte hinner bli utkylt i deras bil bara, mumlade Scotten och började gå ner för trapporna.

-Ursäkta om ni fick vänta, men det kan ni tacka Scotten för. Han hade nämligen skojat med mig och gömt mina grejer, förklarade Lisa när hon kom ner.

-Vi har redan hört en förklaring. Den var lite annorlunda men det spelar ingen roll, för nu är det mot bowlinghallen som gäller, sade Ludvig och började köra.

-Har du spelat förr, så att du typ är proffs? frågade Ebba och tittade på Lisa.

-Nej, jag har aldrig provat, men det ser ganska lätt ut tycker jag. Vinner jag över Scotten, så ska han få fylla på mitt shoppingkonto har vi kommit överens om, svarade hon.

-Jag är fortfarande mörbultad efter misshandeln och Scotten har en öm handled, så vi borde få lite extrapoäng i början, föreslog Ludvig.

-Aldrig i livet! Lisa och jag har inte visat oss på en sådan här bana förr, så är det några som ska ha fördel, så är det vi, svarade Ebba bestämt.

-Fan, har de fyllt de här bollarna med sand,

eller varför är de så tunga? frågade Lisa förargat.

-Det heter klot och de är gjorda av polyester, uretan eller lite andra grejer. Försök att inte hamna i rännorna hela tiden älskling, påvisade Scotten.

-Jag vet! Vem tusan har gjort ett dike på varje sida, det vore ju bättre om där fanns en rejäl kant, svarade Lisa när klotet ånyo åkte i rännan.

-Vi gör så här älskling. Den som vinner sista gången vi skickar iväg kloten vinner allt, så du har fortfarande en chans att slippa förlora, föreslog Scotten.

-Okej, då är det bäst att jag skärper mig, sade Lisa.

-Jag fick ner nio käglor, nu är det din tur, sade Scotten självsäkert.

-Strejk! Jag fick en strejk! vrålade Lisa.

-Jag ser det, men det heter faktiskt strike, förklarade Scotten surmulet för att han förlorat.

-De på banan bredvid ropade strejk nyss, förklara det om du kan, svarade hon och garvade åt sin vinst.

-Jag är nästan säker på att de är från Skåne, så där har du nog förklaringen. Hur mycket ska jag swisha över till ditt konto? undrade han.

-En tusenlapp räcker precis, svarade Lisa.

-Den kommer här. Vet du vad du ska köpa redan? frågade Scotten.

-Ja, det ska gå till andra fälgar till vår Volvo V 60. När jag var nere i förrådet senast, såg jag hur fula de gamla var, så dem har jag sålt. Igår köpte jag andra som var i nyskick. Det kommer lyfta hela bilen! sade Lisa och log.

-Tack sötnos och grattis till segern, sade Scotten och kysste henne.

- - - - -

Kapitel 17

-Vad tror du är bäst, ska jag ha maten färdig till tjugotvå, eller ska du höra av dig när du åker från jobbet? frågade Petter.

-Först tänkte jag definitivt säga att allt kunde vara klart till tio, men det gör ju inget om vi äter ännu lite senare. Kör det ihop sig av någon anledning på jobbet, är det ju så himla typiskt om maten blir förstörd, resonerade Leila och började ta på sig vinterkängorna.

-Då gör vi så, att du hör av dig när du jobbat färdigt. Sätter jag på snabbvärmen går det rätt så fort ändå, svarade han.

-Jag hade tänkt sätta i reflexer i alla jackor i eftermiddags, men det föll totalt bort. Om du vill kan du väl ordna det, säkerhetsnålar och snören har vi i städskåpet, fortsatte hon.

-Det löser jag. Sedan sätter jag mig nog och slipar på en artikel som kommer ut i veckan. Egentligen kan jag göra det på måndag, men det är aldrig fel att ha det klart ifall det dyker upp något stort, förklarade han och gav henne halsduken.

-Så där, då är jag färdig. Runt tjugotvå hör jag av mig, det ska bli så himla gott med bakpotatis och allt annat. Det här passet kommer gå som en barnlek när jag har det att se fram emot, sade Leila och gav honom en puss.

-Kul att du säger, jag ska försöka få det så perfekt som det går. Var rädd om dig, sade Petter och stängde efter henne.

163

Normalt sett var inte Leila speciellt förtjust i att ha flera timmars uppehåll i sina arbetspass, men den här gången kändes det annorlunda. Kanske berodde det på att Petter varit hemma och servat, det var möjligt. Förhoppningsvis skulle det bli en ganska lugn kväll, för det fanns inte tillstymmelse till folksamlingar ute, på grund av det osköna vädret, tänkte hon när hon cyklade förbi torget. När hon några minuter senare kom fram till polisstationen, hade hon endast sett fem personer ute, varav tre hade haft en hund i koppel och var därmed knappast ute av fri vilja. Jesper hade redan kommit såg hon i cykelstället, innan hon rusade in till värmen.

-Jag tror det blir stillsamt ikväll, om det inte är några privata fester som spårar ur, resonerade Leila.

-Det kanske du har rätt i, vi får se. Jag tänkte att vi kan vara inomhus fram till nio om det är lugnt. Har det inte kommit in något larm tills dess, får vi åka en sväng och visa att vi finns, svarade Jesper och log.

-Perfekt, för jag är själv medveten om att rapportskrivandet har blivit lidande den senaste veckan, berättade hon och satte sig vid datorn.

-Ja, detta jädra dokumenterande. Man kan undra för vems skull man gör det, sade Jesper och suckade.

- - - - -

-Hur länge tänker ni vara ute och spana ikväll? frågade Ebba när de var på väg ut från bowlinghallen.

-Absolut inte senare än igår kväll, alltså runt midnatt. Med lite tur är vi färdiga betydligt tidigare, svarade Ludvig.

-Bra, då kan du åka till Lisas lägenhet, så är jag kvar där tills du kommer, föreslog hon.

-Det kan vi ordna. Om ni tänker titta på någon film hoppas jag att den är färdig tills vi kommer, för på den fronten har ni ingen smak, fortsatte Ludvig.

-Jag ska visa bilder på huset vi kollade in idag. Själv tycker jag att det har sådana möjligheter, att vi lägger ett bud på det, förklarade Ebba.

-Ja, vi får väl kolla med banken först bara, så att det är genomförbart. Sedan går det ju inte att komma ifrån att det var närmare tjugo till på visningen. Risken finns att det är fler som vill vara med och slåss om villan, spekulerade Ludvig samtidigt som han stannade utanför porten.

-Det kan det förstås vara, men tänker man så hela tiden och aldrig lägger ett bud, lär man ju aldrig komma intill, svarade hon innan de vinkade åt killarna som åkte vidare.

-Vad spännande att ni tittat på en villa! Jag skulle också vilja köpa hus, men det får nog vänta lite för Scotten och mig. Nu väntar vi ju barn i februari och därmed lär inkomsterna sjunka rejält för oss, sade Lisa.

-Jag förstår det, men det kostar ju inget att räkna på det. Jag menar, det är faktiskt inte gratis att bo i lägenhet heller. Vi lägger alltså åtta tusen i månaden nu med elen. Det är fullständigt horribelt, berättade Ebba.

-Det är ungefär samma för oss. Ser man det så, är det helt klart bättre att köpa hus och så att säga betala åt sig själv, än att lägga nästan hundra tusen om året på en lägenhet, svarade Lisa.

-Du ska få se bilderna nu, själv blev jag helt betagen. Som du ser, är taket nytt och där finns ett stort altandäck utan insyn, berättade Ebba.

165

-Ja, vad härligt. Jag gillar den ljusgula färgen på fasaden, vad är det för material? undrade Lisa.

-Det har varit klätt med eternit förr, men sedan fem år tillbaka är det träpanel. Jag föll också för färgvalet. Visst går det alltid att ändra, men det gör ju inget om det är som man vill ha det från början. Nu ska du få se bilder inifrån med, fortsatte Ebba lyriskt.

- - - - -

-Jag börjar bli hungrig, tyvärr tog alla kanelsnäckorna slut igår kväll, utbrast Scotten.

-Tja, att åka på stryk av sin flickvän är säkert jobbigt och därmed vill du tröstäta. Vi får väl stanna i Korvmojjen och handla då, svarade Ludvig och parkerade utanför.

-Ja, kan du begripa, inte en enda gång fick hon ner en enda kägla förrän det gällde och då gjorde hon en strike. Du har rätt, det här kommer jag nog aldrig över, sade Scotten och suckade.

-Hur du fått Lisa att betala nya fälgar till din bil, tycker jag är ännu konstigare. Vad har du för knep? Jag vill nämligen också byta till våren, frågade Ludvig.

-Jag vet inte riktigt, men allt började med att Lisa såg de gamla i förrådet och tyckte att de såg för jävliga ut, förklarade Scotten.

-Tyvärr har jag sommardäcken på jobbet, så chansen att Ebba ska se att det behövs andra är obefintlig, svarade Ludvig.

-Vad tror du händer om du verkligen tvingar Ebba att se dem? Jag tänker, ställer du dem framför hennes garderob så inser hon väl att ni måste köpa andra, sade Scotten.

-Det är ju en tanke och jag är inte

förvånad att den kommer från dig. Skulle jag göra något sådant lär jag nog få flytta tillbaka dem till firman igen, samt ersätta mattan som ligger vid garderoben. Beställ något nu så betalar jag, sade Ludvig och tog fram sitt kort.

-Tack, det ska smaka bra nu. Det är bland det värsta som finns, just att sitta och vänta och samtidigt vara hungrig. Därför får du räkna med att jag laddar på en del, förklarade Scotten.

-Visst, gör du så. Jag gör likadant, för Ebba har vissa synpunkter på mina kostvanor. Därför blir det max i alla varianter nu, svarade Ludvig och skrattade.

En halvtimme senare startade Ludvig bilen och fortsatte åka mot Brandkärr. Vindrutetorkarna gjorde allt för att hålla rutan skapligt avskrapad, men tycktes hamna i underläge för det täta regnet som anträtt.

-Det är guld värt att vi kan sitta inne där det är torrt, sade Scotten och myste.

-Jag håller med, något annat vore en ren pina. Sikten blir tyvärr lidande av nederbörden, jag menar, det vill ju till att vi ser rätt när jag trycker på fjärrutlösaren, förklarade Ludvig och såg bekymrad ut.

-I värsta fall får jag väl gå ut och kolla så att det inte finns någon oskyldig i närheten, fortsatte Scotten.

-Det är ju ett alternativ. Nu ser jag att vi har tur som får en ledig gästparkering precis så vi ser gasbilen, sade Ludvig.

-Ja, det är ju perfekt. Det som är ännu bättre är att förövarnas bil är parkerad bredvid, ser du det! utbrast Scotten.

-Det har du rätt i. Då är det bara att vänta tills de

kommer till sin bil för att åka iväg, svarade Ludvig.

-Det är ju lördag kväll, så det är väldigt svårt att veta vad de har för planer. Möjligheten finns ju att de inte tänker åka någonstans på flera dagar, tillade Scotten.

-Vänta, den där typen känner jag igen! Han var med och misshandlade mig, sade Ludvig och tog fram utlösaren från handskfacket.

-Han går mot bilen, men det ser ut som att han är ensam. Det var ju inte så bra, mumlade Scotten.

-Nej, jag har inte tänkt att få de andra fyra efter mig resten av livet, sade Ludvig medan gärningsmännens bil åkte iväg.

-Har vi flyt, kanske han bara ska hämta något och kommer tillbaka snart. Sedan ska du se att hela byket drar iväg om ett tag, fortsatte Scotten hoppfyllt.

-Hoppas du har rätt, för det börjar bli långsamt att sitta här och vänta. Det vill ju till att han parkerar på samma ruta när han kommer hit igen, tillade Ludvig och startade bilen för att få varmt.

- - - - -

-Det står i vittnesprotokollet här, att det troligen var slutsiffra två i registreringsnumret på den röda kombin som lämnade företaget som hade inbrott, muttrade Jesper.

-På samma gång som det tar ner antalet misstänkta till en tiondel, så är det ju egentligen inget att gå på, svarade Leila och suckade.

-Nej, så är det. Vet de inte säkert, är det ta mig tusan inte lönt att de säger något. Riktar vi bara in oss på de med en tvåa, så kanske det i verkligheten exempelvis var en åtta istället. Därmed är risken överhängande att vi förbiser detta och missar den som faktiskt är skyldig. Hänger du med i mitt resonemang? frågade Jesper.

-Jag är med på hur du menar. Vi får med andra ord fortsätta kolla in röda kombibilar förutsättningslöst. Jag kan dock erkänna att jag själv kommer reagera extra på om det står två på slutet istället för något annat, svarade Leila och log.

-Ja, det blir nog likadant för mig, för man fungerar förmodligen så. Nu är klockan snart tjugoett så jag tycker vi åker en sväng och kollar hur läget är. Hittills är det inga rapporter om oroligheter någonstans, men det kan ju ändras fort, sade Jesper och tog fram bilnyckeln.

-Jag tror inte heller att det händer så mycket ikväll, men det är bara en känsla jag har, svarade Leila medan hon tänkte på hur himla härligt det skulle bli att få komma hem till Petter snart. Framför sig såg hon en romantisk middag med levande ljus, god mat och ett passande vin.

- - - - -

-Audin kommer tillbaka nu, efter bara en halvtimme. Tror du han hämtat take away mat eller var kan han ha varit? undrade Scotten.

-Han har inte med sig något vad jag kan se, inte i matväg i alla fall. Jag kan tänka mig att han gjort en leverans av knark eller pengar, för de där typerna är sådana som håller på med det. När de slog ner mig kan jag svära på att åtminstone ett par av dem luktade hasch, berättade Ludvig.

-Just att de ibland är påtända, gör dem så oförutsägbara. Man vet aldrig hur de reagerar fast man kanske tror det. Även om en sådan person är i fullständigt underläge, kan han ge sig på andra utan att inse att det är chanslöst, förklarade Scotten.

- Visst, det är det ena. Det andra som är ännu värre, är att de utan samvetskval kan dra fram ett vapen och skjuta besinningslöst, fortsatte Ludvig.

-Jädrar, ser du vad som är på gång! Nu är det fem personer på väg mot bilen, sade Scotten exhalterat.

-Jag börjar köra härifrån nu, medan du får hjälpa till att hålla koll bakåt, befallde Ludvig sammanbitet.

-Jag tror du får stanna här framme vid kanten, för annars ser jag inte när det är läge, sade Scotten.

-Här får det bli, för här ser jag bra i backspegeln vad som händer med, svarade Ludvig.

-Alla har satt sig i bilen och just nu tror jag bilen startas för baklysena tänds, sade Scotten.

-Så fort jag ser att de vita backlamporna börjar lysa, så trycker jag av, sade Ludvig samtidigt som han lade i ettans växel.

-Jag är beredd, men det är väl bäst att vi åker rätt lugnt härifrån så att det inte ser misstänkt ut, föreslog Scotten.

-Det är min åsikt med, sade Ludvig samtidigt som han tryckte på knappen. I samma sekund som bilen började rulla, hördes först en dov smäll från den apterade bomben. Nästan direkt därpå hördes explosionen från gastankarna och ett stort eldsken spreds över området.

-Hjälp, tryckvågen kändes ända hit! utbrast Scotten förvånat.

-Ja, det var en rejäl smäll, betydligt kraftigare än den jag såg på Youtube. Jag tror inte de stjäl fler mobiltelefoner och klockor i fortsättningen, sade Ludvig och började skratta hysteriskt av chocken.

-Tusan, det där var inte bra. Hur fasen kunde snuten rycka ut hit så fort? frågade Scotten när han såg att de var på väg att få möte med en polisbil.

-Inte alls lyckat, för sitter Leila i den där bilen lär hon känna igen mig. Vi får försöka hitta på ett bra alibi för vad vi gjort här ikväll, hur nu det ska gå till, svarade Ludvig bekymrat.

-Ska vi försöka få tjejerna att intyga att vi varit hemma hela kvällen? undrade Scotten.

-Det är ingen idè, för de skulle aldrig gå med på något sådant. Dessutom går det inte att komma ifrån att just min bil befann sig på väg ifrån detonationsplatsen, sade Ludvig.

-Vi får åka hem till mig i alla fall och uppträda så naturligt som möjligt. Frågar tjejerna om vi sett de som rånade dig, får vi väl svara att vi inte vet riktigt säkert och därför avbröt vi allt, sade Scotten.

-Ja, det får väl bli något sådant, svarade Ludvig.

- - - - -

Kapitel 18

-Jösses, jag har aldrig sett något liknande! Det måste vara minst fem bilar som stuckits i brand. Det konstiga är bara att det gått så fruktansvärt snabbt, sade Jesper chockat när de av en slump hamnat i Brandkärr.

-Helt otroligt! Jag tyckte att jag hörde en rejäl smäll nyss i samband med att himlen lystes upp. Har någon tänt på en bil och det sedan spridit sig, brukar det ju dröja ett tag tills en bensintank exploderar, svarade Leila.

-Kalla hit Nationella insatsstyrkan och räddningstjänsten, för det här är något utöver vad vi klarar av själva. Vi får spärra av ett rejält område så att ingen kommer till skada, fortsatte Jesper och parkerade en bit därifrån.

-Vi vet faktiskt inte än om någon var i närheten när det small. Finns väl inte en chans i världen att någon kunnat överleva i så fall. Helst borde vi få bort de fordon som står närmast de som brinner, för att eliminera risken att elden sprider sig, konstaterade hon.

-Ja, vi får se till att räddningstjänsten drar bort de närmaste bilarna i samband med att de släcker branden, sade hennes chef och började ta fram avspärrningsbanden.

-Jag har kommit fram till insatsstyrkan nu, de frågar om vi tror att det är ett terrorbrott, för annars är de inte beredda att åka hit, sade Leila.

-Säg att det inte kan uteslutas av oss och att det är min bestämda uppfattning att det måste undersökas av specialister! Vi själva kan inte gå in bland fordonen och gissa att det inte smäller igen. Vi vet ju inte ens om det ligger någon med fjärrutlösare och vill ta livet av oss. Sådant har vi ju sett tydliga bevis på förr, just att vissa påkallar vår närvaro genom att larma eller orsaka en olycka först. Sedan när vi kommer till platsen gör de allt för att likvidera oss, förklarade han bestämt.

-Lugn, de har ändrat sig och skickar en grupp som ska gå in först. De är här om åttio minuter, berättade Leila.

-Brandkåren är på väg, hör jag. Du kan börja sätta upp banden från husknuten borta vid soprummet, så pratar jag med räddningsledaren, sade Jesper.

-Visst, hoppas vi har med band så det räcker, för det kommer nog gå åt ett par hundra meter, svarade Leila.

-Det är en patrull till på väg hit, så det löser sig. Tusan vad folk det har samlats där borta, begriper de inte att det kan vara förenat med livsfara att vistas så nära? undrade Jesper.

-Tydligen inte, jag får försöka få dem att gå in igen. Den där röken är säkert hälsovådlig, så kolla med räddningsledaren om det inte är läge att gå ut med ett VMA, föreslog Leila.

-Rätt tänkt, det kan dessutom vara ett effektivt sätt att få undan obehöriga. Dem du kör iväg, kan du be att de ringer in om de har upplysningar om vad som egentligen skett här och om de saknar någon anhörig, sade Jesper innan han gick mot utryckningsfordonet som kommit.

-Klart, jag fixar det, sade Leila och tog med sig så mycket band som hon kunde hitta. Mängder av frågor mötte henne, men hon berättade att de skulle gå in och lyssna på lokalradion för att få veta vad som gällde.

Bara efter att ha satt upp band drygt femtio meter, såg hon något som blänkte till i gräsmattan. Det såg ut

som något förkolnat, för det rök lite om föremålet som
var avlångt. Trots att Leila nu var bara några meter ifrån,
kunde hon inte urskilja vad det var för något.

- - - - -

-Vid närmare eftertanke är det väl ganska långsökt att
snuten vi mötte ska sätta oss i samband med
sprängningen i Brandkärr, sade Ludvig när de parkerat
vid Scottens lägenhet.
-Visserligen, men vi får inte glömma att någon kan ha
sett din Saab när vi snott tillbaka larmet du inte fick
betalt för. Då hade vi i och för sig lånade
registreringsskyltar på, men det var ju likväl samma bil vi
åkte i då som nu, spekulerade Scotten oroligt.
-Jo, visst kan de ha fått in uppgifter om det, men på
samma gång är det ju inte förbjudet att åka runt lite vart
man vill, sade Ludvig och trampade sönder
fjärrutlösaren och tryckte ner resterna i en gatubrunn.
-Vi får ändå se till att komma på någon jäkligt bra
förklaring till varför vi var ute ikväll, för det är inte utan att
det kan verka misstänkt. Den måste hålla både för
polisen och våra tjejer, förklarade Scotten och tog fram
nycklarna till lägenheten.
-Jag vet, jag ska grunna på något som kan hålla. Det ser
mörkt ut uppe hos er, tror du att de sover redan?
undrade Ludvig.
-Klockan är halvelva och jag vet att Lisa brukar vara
sömnig från nitton, så det är fullt möjligt, svarade
Scotten och låste upp.
-Är det ni som kommer? Vi somnade visst, ropade Ebba
yrvaket från soffan i vardagsrummet.
-Klockan är ju bara halvtio och ni

har redan lagt er, sade Ludvig och blinkade åt Scotten.

-Jag vet inte om jag orkar kliva upp och åka hem, jag tror det är skönare att ligga kvar i den här soffan om det går bra? undrade Ebba och gäspade.

-Det kan vi alltid lösa, jag ska bara bära in Lisa till vår säng så du får plats. Ludvig kan ligga på en luftmadrass, svarade Scotten och lyfte sin flickvän till sovrummet.

-Jag tror du får bjuda på en rejäl whiskey om jag ska kunna sova sedan, för det har ju hänt en hel del den senaste tiden, viskade Ludvig.

-Det kan vi ta, men först går vi en sväng med Henrik så han får göra vad han behöver, förklarade Scotten.

- - - - -

Synen Leila möttes av när hon lyst på föremålet, fick hennes maginnehåll att omedelbart tränga uppåt. Hejdlöst sprutade en kaskad av spyor ur munnen och en vidrig smak infann sig. Till och med upp genom näsan hade äcklet trängt ut och hon började gråta åt eländet.

-Är det något? hörde hon Jesper ropa till henne.

-Du får komma hit, jag orkar inte förklara, svarade hon samtidigt som hon tog några steg bakåt och satte sig på marken.

-Usch, så makabert! Jag förstår att du reagerade, utbrast Jesper när han kom fram. På gräset låg en avsliten underarm och blod strömmade ut där en armbåge tidigare suttit. Runt handleden satt förutom ett tjockt guldarmband även en klocka av märket Rolex, som glimmade i skenet från den närmaste gatlampan.

-Jag har väl sett värre saker, men det här kom på något sätt så oförberett. Dessutom gick jag nyss och tänkte på marinerad fläskytterfilè och rödvin.

175

Du må tro att jag fick en förnimmelse av det här, berättade Leila och nickade mot den avslitna kroppsdelen.

-Det är klart att man blir ju inte direkt sugen på att äta något sådant efter den här åsynen. Har du återhämtat dig, eller vill du att jag sätter upp resten av avspärrningen? frågade Jesper.

-Jag ser att den andra patrullen anlänt med, så då tror jag att jag ber dig följa med och fixa upp banden, sade Leila samtidigt som hesa Fredrik började ljuda.

-Självklart gör jag det. Sannolikheten att det ligger fler kroppsdelar i området är ju ganska stor, så det kan ju räcka med det du redan sett. Visst var det en Rolex din bror blev av med häromdagen, fortsatte hennes chef.

-Ja, eller rättare sagt en kopia, hur så? undrade hon och reste sig upp.

-Det kan vara den klockan som sitter på den avslitna kroppsdelen. Vet du hur länge han haft den och om han hade några kännetecken på den? frågade Jesper.

-Jag har för mig att den bara var i hans ägo något dygn och det skulle förvåna mig om han kan känna igen den efter så kort tid, fortsatte Leila.

-Det är väl ändå något vi får undersöka, inte för att jag tror att han vill ha tillbaka klockan, för boetten är deformerad och glaset är spräckt, förklarade han.

-Ja, det är ju ett märkligt sammanträffande i så fall. Chansen för att en av hans rånare skulle råka ut för en så hemsk olycka bara några dagar efteråt, kan man väl kalla ödets ironi. Blev det så för alla brottslingar, skulle vi snart gå arbetslösa, svarade hon.

-Ja, det har du rätt i. Du känner din bror, är han främmande för att utföra en så grov hämnd som den här mot dem som angrep honom tror du? frågade Jesper.

-För det första så var han helt borta när han kom till sjukhuset, så därmed kan han aldrig enligt min uppfattning lyckats komma ihåg vilka som attackerade honom. Dessutom tog de ju hans mobiltelefon, så någon bild på gärningsmännen lär han inte fått heller, svarade Leila.

-Jag hör vad du säger, men det är ändå inte riktigt svaret på min fråga. Är han kapabel att utföra en sådan här handling? fortsatte Jesper.

-Rent tekniskt klarar han av det, för han har det intresset. Däremot faller det på att han förmodligen aldrig skulle kunna tänka sig att ta livet av någon, berättade hon.

-Nej, i normala fall klarar de flesta inte av att göra något sådant, men blir en människa utsatt för hot eller som i det här fallet grov misshandel, kan det nog bli att vissa handlar annorlunda. Det kan ju också vara så att de anlitar någon annan att utföra en gruvlig hämnd, spekulerade han.

-Jag hör vad du säger, men det rör ju sig bara om något rent hypotetiskt det du påstår. I det här yrket måste vi förhålla oss till fakta, förklarade Leila.

-Jag har själv väldigt svårt att tänka mig att Ludvig är inblandad i det här, men jag kände ett behov av att ventilera mina åsikter. På samma gång ska vi ha helt klart för oss att explosionen här säkert inte beror på något tekniskt fel, utan det troliga är att det ligger ett brott bakom, sade Jesper.

-Det har ju hänt att exempelvis en motorvärmare eller kupèfläkt självantänt, men det är ju återigen något som tekniska får reda ut. Likaså kan det även tänkas att någon slängt in en fimp under någon av bilarna som läckt bensin. I ren okunskap kan på så sätt någon omedvetet orsakat detonationen, sade Leila.

-Som du säger får vi vänta tills den tekniska utredningen är klar. Nu när vi fått upp avspärrningen, kan vi kolla om det finns några vittnen till händelsen, sade han.

-Ja, för det kan vara bra att ha börjat med det innan Nationella insatsstyrkan anländer, vilket borde vara inom en halvtimme nu, tillade hon.

-Passa på och ring hem till Petter, så han slipper vara orolig. Säg att vi håller på här ett par timmar till, sedan får någon annan ta över, föreslog Jesper medan han ringde sin fru.

- - - - -

-Var det i den här parken du såg Pecka Lindström? frågade Ludvig.

-Ja, jag gick till vänster här och drygt hundra meter bort anträffade jag honom bakom en soffa. Det var Henrik som drog oss dit, men jag vet faktiskt inte varför.

-Det var alltså samma kväll som de hittade honom död. Faktum är, att av alla människor på jorden så är nog Pecka den jag minst sörjer över, tvärtom. Vi kan till och med skåla sedan för att han inte finns längre, så mycket illa har han gjort folk, fortsatte Ludvig.

-Hur tror du det gick för packet som satt i bilen när du tryckte på utlösaren? Kan någon ha klarat sig? frågade Scotten för att byta samtalsämne.

-Jag får erkänna att smällen blev

betydligt kraftigare än jag förutspått. Ärligt talat är jag förvånad om de ens kan bena ut hur många de var i bilen. Med andra ord så tror jag inte att någon överlevde. Det är inte heller något jag är ledsen för, de åsamkade mig det hemskaste jag någonsin upplevt. Hade jag varit tio år äldre, tror jag aldrig att jag överlevt misshandeln. De var så råbarkade och hänsynslösa att man knappt kan tro att det finns sådana individer, sade Ludvig.

-Där kommer det säkert in att de var påtända när de rånade dig också, för du sade ju själv att det luktade hasch om dem, sade Scotten.

-Hur som helst hoppas jag att de är historia nu, det tjänar ju inget till att tänka mer på dem eller det vi gjorde ikväll. Du berättade aldrig om du var inblandad i Peckas död förut, är det något du går och bär på? undrade Ludvig.

-Det är precis samma sak med honom, att det tillhör det förflutna, svarade Scotten som bestämt sig för att inte säga till någon om han medverkat till Peckas död.

-Hehe, om du blir politker någon gång lär du nog få frågan om du har några lik i din garderob, vad svarar du då? undrade Ludvig och skrattade.

-Tur att jag aldrig ens röstar och riskerar att få den frågan då. Nu är det en fet och rökig whiskey med en skål fylld med jordnötter som gäller! sade Scotten.

-Uppfattat, mot barskåpet! svarade Ludvig.

- - - - -

När de satt sig i bilen för att åka ifrån Brandkärr, visade klockan noll ett femtio. All nervspänning hade medfört att varken tröttheten eller den råkalla kylan påkallat hennes uppmärksamhet. Emellanåt kom den avslitna armen fram i hjärnans fotoalbum, men det var inte så att hon behövde kräkas mer bara för det. Tråkigt nog körde det runt i magen ändå. Om det var för att hon inte ätit något på länge eller om det blivit för mycket kaffe, visste hon inte.

-Jag släpper av dig vid din bostad, så kan jag hämta dig igen klockan åtta imorgon bitti. Det kommer vara full aktivitet här i minst ett dygn till, sade Leilas chef.

-Ja, det här blir en natt man aldrig glömmer. Hörde du att de hittills funnit tre svårt skadade, varav en som blir enarmad i framtiden? frågade Leila.

-Ja, tyvärr är det väl inte klarlagt ännu om det suttit fler i bilen, för ena bakdörren var tydligen öppen. Teknikernas första preliminära rapport löd, att det var första bilen närmast husväggen som exploderat. Det var visst ett fordon som tankas med gas, vilket kan förklara den kraftiga smällen, fortsatte Jesper.

-Jaha, och de skadade satt då i andra bilen ifrån huset räknat. Man kan undra om det var en fimp från någon av dem som orsakat antändningen, eller om det var något annat, spekulerade hon.

-Precis, och en grej till vi inte fått svar på än, är om det nu fanns fler i fordonet, varför har hen inte gett sig till känna? fortsatte han.

-Vi får väl hoppas att det går att höra någon av dem frampå dagen. Möjligheten finns till och med att det är två personer till som håller sig undan, för de som lyftes ur bilen satt bakom ratten, i passagerarsätet fram och vänster bak, förtydligade Leila.

-Det är korrekt. I rimlighetens namn

borde det väl normalt sett inte finnas någon anledning för dem att mörka det, om de inte höll på med brottslig verksamhet eller kanske vistades här utan tillstånd, svarade Jesper.

-Till en annan sak, tänkte du på något speciellt precis innan vi kom till bostadsområdet? frågade Leila.

-Ja, det gjorde jag och det förvånar mig att du inte tar upp det förrän nu. Till nittio procent är jag säker på att vi mötte en röd Saab herrgårdsvagn. Får jag gissa så var det Scotten som satt i passagerarsätet, men det är jag mer osäker på. Tänkte du på vad bilen hade för slutsiffra? undrade Jesper.

-Det var en åtta, för det reagerade jag på först. Tusan, min bror Ludvig har en röd 9 5:a, det är väl inte de som har ordnat med sprängningen ändå? frågade Leila.

-Än så länge har vi alldeles för lite på dem, det går bara inte att förhöra folk på så lösa grunder. Kan vi binda klockan till Ludvig kommer det genast i ett annat läge. Som sagt, jag hämtar dig vid åtta, så jobbar vi till lunch. Därefter tar vi ledigt, så du vet att du kan planera in en god söndagsmiddag för dig och Petter, sade han och stannade utanför Leilas ingång.

- - - - -

Kapitel 19

-Skit på riktigt, du måste höra det här! viskade Scotten i örat på Ludvig.

-Vi kan gå ut i köket så får du förklara vad det är, för troligtvis är Ebba nämligen på gång att vakna snart, svarade han yrvaket.

-När jag varit ute med Henrik, passade jag på att scrolla igenom nyheterna. På en av sidorna stod det att tre personer skadats vid en explosionsartad brand igår kväll. Vi såg ju för fasen fem personer sätta sig i bilen, förklarade Scotten.

-Du får visa mig var du hittade det någonstans. Att två av dem inte hittats är ju obegripligt! Alla som befann sig i området måste ju ha dödats eller skadats, annars är det ju väldigt märkligt, svarade Ludvig bekymrat.

-Tror du att det är lugnt ändå, eller kommer vi få två galningar efter oss nu? frågade Scotten nervöst.

-I och med att det gjordes en polisanmälan angående stöld och misshandel av mig när jag rånades, är det en offentlig handling. Går typerna tillbaka lite i tiden och kollar vilka som kan vara aktuella, kommer mitt namn upp. Det här var inte alls bra, sade Ludvig och suckade.

-Frågan är bara hur vi går vidare. Helst kunde gärna alla varit så pass illa däran, att de var oförmögna att utföra någon vedergällning, men det är väl rena önsketänkandet. På något sätt skulle vi behöva få reda på mer, men jag vet inte hur det ska gå till, svarade Scotten fundersamt.

-Möjligt att de fått hjälp

från platsen, men jag lutar åt att de tagit sig därifrån själva. Det grundar jag på att efter att vi mött polisen, kan det bara dröjt någon minut innan snuten var framme. Det behövs kanske bara att någon i bilen öppnat en dörr på motsatt sida om gasbilen, så kan de kastats ut vid detonationen och klarat sig hyggligt, sade Ludvig.

-Jag förstår hur du menar, men är det inte lite långsökt att någon öppnar en dörr direkt efter att den stängts? undrade Scotten.

-Det kan räcka med att inte dörren stängdes helt första gången den drogs igen. Påföljden blir då givetvis att hen öppnat för att ta i lite mer nästa gång. Var det precis i det ögonblicket som det small, har nog två flugit ut ur fordonet, fortsatte Ludvig.

-Det känns som att allting bara blivit värre, nu är väl risken överhängande att de ger sig på tjejerna med. Vi borde på något sätt få övertaget igen, men hur? frågade Scotten.

-Det stämmer allt det du säger och till att börja med behöver vi göra oss beredda på ett angrepp.

-Jag håller med, men troligtvis vet de inte ännu att vi ligger bakom sprängningen. De kanske till och med räknar med att det var en ren olyckshändelse, just att gasbilen exploderade, sade Scotten.

-Så kan det mycket väl vara, det är ju alltid värt att hoppas att så är fallet. Dessutom, om polisen så småningom kommer på att det är ett attentat, så borde det dröja ännu längre tid innan rånarna misstänker oss. Jag fick en idè som kanske vore passande för stunden, sade Ludvig fundersamt.

-Okej, låt höra vad du har att komma med. Spontant känner jag att vi behöver komma ifrån stan, om så bara för dagen, svarade Scotten.

-Just precis min tanke. Vi kunde åka ner alla fyra till Ikea i Linköping, så får Lisa och Ebba skena runt där tillsammans ett tag. Under tiden sticker du och jag till några andra ställen, för det är en del jag behöver. När vi sedan är färdiga, kan vi släppa av Ebba i Norrköping, eftersom hon ändå ska dit ikväll för att hon har en föreläsning där tidigt imorgon, föreslog Ludvig.

-Ja, det är genialiskt! Jag tror knappt vi behöver fråga om de hänger på för det är självklart, svarade Scotten och skrattade.

- - - - -

På minuten öppnade Leila portdörren med andan i halsen. Visserligen hade hon skäl att vara trött efter arbetspassen som varit, men hon ångrade sig djupt nu, att hon inte stigit upp direkt när larmet ringt. Turligt nog såg Leila att Jesper precis svängde runt hörnet för att plocka upp henne och därmed slapp han stå och vänta.

-Morrn, det var lite segt att gå upp idag, har du väntat länge? frågade hennes chef.

-Nej, jag kom precis ut och klockan är ju inte slagen förrän nu, svarade hon.

-Det stämmer nog. Jag har haft kontakt med ledningen på morgonen och fått reda på senaste nytt. I nuläget vet de inte säkert om gasbilen apterats med något sprängmedel eller om den exploderat av någon annan anledning. Bilen var tydligen sexton år gammal och det kan inte uteslutas att elektroniken i den fått frispel och på något sätt bildat en gnista, som i sin tur fått gastankarna att smälla. På så gamla fordon är tankarna till och med ofta rostangripna, förklarade Jesper.

-Men det är väl något vi måste få reda på snart, för teknikerna brukar vara duktiga på att hitta sådana spår, sade Leila.

-I de flesta fall är det som du säger, men de var själva skeptiska till om det skulle komma så mycket längre än till rena antaganden den här gången. Tydligen fanns det bara fragment kvar av bilens högersida, vilket gör det nästan omöjligt att hitta orsaken till detonationen, sade han.

-Har du hört något om hur de skadade mår, eller är de inte vid medvetande ännu? frågade hon.

-Jag har inga uppgifter om det, men jag tänkte att vi åker till lasarettet om en stund och kollar läget. Det är nog lite på vinst och förlust, för det är osäkert om vi kommer åt att prata med dem. Det är ändå värt att pröva, istället för att hamna i någon jädra telefonkö och inte få svar alls, sade Jesper.

-Jag har tänkt en del på om det var fler i bilen som sprängdes, för är de bara lindrigt skadade finns de förmodligen kvar i Brandkärr, sade hon.

-Vi får kolla upp vilka de tre skadade umgicks med och på så sätt ska vi kunna få fram vilka de andra är. Vi har faktiskt inte ens uteslutit om svaret finns inom deras släkt, fortsatte Jesper medan han parkerade en bit från platsen.

-Nationella insatsstyrkan i all ära, men när kommer vår kriminaltekniker tillbaka från sin semesterresa? Jag har nämligen ett helt annat förtroende för Lisbeth, sade Leila undrande.

-Hon landar ikväll på Skavsta, så imorgon är hon på jobbet igen. Det har tyvärr skett en hel del här under veckan hon varit borta, så vi får hoppas att inte för många misstag begåtts, sade han.

-Tänker du av oss eller den vikarierande kriminalteknikern? frågade Leila samtidigt som hon steg ur bilen.

-I första hand är det Nilsson som kommer upp i mina tankar, för hans arbetsmetoder är enligt mig inte förtroendegivande. Sedan är det förstås möjligt att vi klantat oss också, för ingen är ju ofelbar. Jag vet inte på rak arm just nu vad det skulle kunna vara, men jag har en känla av att vissa saker liksom inte utretts tillräckligt, svarade han och följde med ut.

-Sådant lär väl komma fram när Lisbeth får titta på allt. Har ni funnit något mer intressant här? frågade Leila en kollega som undersökte fordonet de skadade suttit i.

-Tja, det som framkommit nyligen är att det finns blodspår från sammanlagt fem personer i bilen. Rent hypotetiskt kan det röra sig om exempelvis ett par till som befunnit sig i bilen tidigare och fått näsblod, så det är väl där vi har en lucka i bevisningen, blev svaret.

-Ja, det är klart att en advokat kan hosta upp något sådant. Om jag inte minns fel, så var det fem personer som angrep din bror Ludvig, eller stämmer inte det? undrade Jesper.

-Jo, visst var det så. Ska vi åka till sjukhuset och försöka pressa dem som ligger där? Man ska väl inte dra några förhastade slutsatser, men så mycket kan jag säga, att något inom mig säger att det

är de här som sysslat med rån senaste tiden, sade hon.
-Så kan det mycket väl vara. Hållbara bevis lär vi dock
aldrig få, om ingen av dem erkänner. Sjunker
brottsstatistiken nu är det ett tecken på att du har rätt,
men det hjälper inte särskilt mycket, svarade Jesper och
suckade medan de gick tillbaka til bilen.

- - - - -

Ebba var glad för kläderna hon fått av Lisa efter
duschen. Tanken var först att hon bara skulle låna något
rent under dagen, men Lisa hade insisterat på att hon
skulle behålla dem om hon ville. Det är en av fördelarna
med att jobba i klädbutik, just att man får med sig en
massa hem som annars bara skulle kasseras eller reas
ut för underpris, hade hon sagt.
-Måste du hem till vår lägenhet för att hämta dina
skolprylar, eller kan vi åka direkt? frågade Ludvig.
-De ligger redan i bilen, så för min del kan vi åka med en
gång. Det enda som är lite synd är, att jag inte vet om vi
får köpa villan. Hade det varit klart, kunde man planerat
all inredning när vi ändå ska till Ikea, svarade Ebba.
-Lugn, nu tycker jag att du rusar iväg en del. Först måste
vi se om vi kan få ett lånelöfte hos en bank. Till och med
innan det, bör vi gå igenom allt vad det innebär att köpa
huset. Allt ifrån om storleken passar oss, till vilka
reparationskostnader vi kan räkna med, förklarade
Ludvig.
-Ja, det har du förstås rätt i. Det vore bara så kul att ha
en sådan här trevlig sak att se fram emot. I kalkylen
verkade ju driftskostnaderna rimliga i alla fall, svarade
Ebba.
-Jo, de utgifterna var nog okej. Jag vill ändå

att vi ska vara riktigt säkra på att det är ett bra köp. Din pappa Henrik borde kanske ta en koll på villan med, för det kunde ju ha två bra saker med sig. Dels vet han mycket om vad man ska se upp med vid husköp, i och med att han tecknar sådana försäkringar åt folk. Dessutom kan det ju bli så att vi behöver låna en slant av dina föräldrar och då är det bäst om de vet vad pengarna ska användas till, resonerade Ludvig.

-Jag håller med dig att vi bör gå till väga på det sättet. En tanke jag fick nu, är att vi hör efter med Henrik och Maria om vi kan komma över en stund nu innan vi åker till Ikea. Förmodligen gör de inget speciellt en söndags förmiddag. Väntar vi till nästa helg så kan det faktiskt vara för sent, sade Ebba.

-Ja, om det är okej för Scotten och Lisa så kan vi göra det, för det borde ju inte ta mer än någon timme, svarade Ludvig.

-Klart det skulle fungera, för som ni säger är det nog bäst att hänga på om ni ska ha huset. Vi får väl bara stanna på vägen och köpa med lite fikabröd, föreslog Lisa.

-Morsans frys är full så den jäser över, så det tror jag inte behövs. Tar vi med något kommer hon bara undra varför inte hennes bullar duger, sade Scotten och tog fram sin mobiltelefon för att ringa sin mamma Maria.

-Jag tycker i vart fall att vi ska ta med en blomma i så fall, för man åker inte och våldgästar någon så här och inte har med sig något, sade Lisa och tittade på Ebba.

-Hon sätter på bryggen nu, så vi får sticka direkt så att inte kaffet hinner bli beskt, sade Scotten när han avslutat samtalet.

-Jag rusar ner till snabbköpet runt hörnet och köper en bukett eller en chokladkartong, så Lisa får sin vilja igenom. Det är bättre att jag fixar det, än att hon som är gravid jäktar, förklarade Ebba och tog på sig skorna och gick före.

-Ta gärna en kartong Paradis, för de är rätt goda, föreslog Ludvig.

-Du har ju redan smällt i dig två askar sedan i torsdags om jag inte missminner mig, hördes Ebba säga från trappan.

-Dem fick jag inte behålla för mig själv, så det stämmer inte riktigt, ropade Ludvig tillbaka.

- - - - -

-Det är ju så förbaskat tråkigt när folk ljuger oss rakt upp i ansiktet! Här ligger de på varsin sal och påstår att det inte fanns någon mer i bilen, än just dem själva. Jag menar, det kunde ju varit lite mer realistiskt om de erkänt att de alla tre befunnit sig i fordonet, för de var ju där när de fick plockas ut efter smällen, sade Jesper förtretat.

-Ja, det var inte alls trovärdigt. Sedan när du förklarade att de hade två av sina vänner i rummen bredvid med samma brännskador, blev de helt plötsligt stumma eller så kom de inte ihåg något, svarade Leila och suckade.

-Det enda som är bra med detta, är att vi vet att de inte talar sanning och därmed inte går att lita på. Med andra ord så har de definitivt inte rent mjöl i sina påsar. Jag kände inte att det var lönt ens att fråga om varför vi hittat DNA efter två personer till i bilen, fortsatte hennes chef.

-Jag anser att vi så snart som möjligt ska se till att en åklagare ger oss rätt till husrannsakan.

Svaret på varför de inte berättar något kan mycket väl finnas i deras bostäder, berättade hon.

-Ja, visst vore det en fördel om vi kunde kolla det. Grejen är väl bara den att om vi ska få ett beslut om det, så behövs det att vi misstänker dem för något brott och där har vi ju inget att komma med. Med andra ord så är vi då tillbaka på ruta ett, förklarade han.

-Det är nog som du säger, det finns inte en åklagare på tusen som skulle låta oss gå in i de skadades hem utan att vi har någon brottsmisstanke mot dem. Att alla hade fina föremål på sig, är ju inget som är i närheten av något hållbart, svarade Leila.

-Precis så ligger det till. En tråkig sak till är, att om det fanns knark, pengar eller stöldgods i fordonet lär vi aldrig få veta det, för allt har ju brunnit upp. Att de alla nekade till att de varit fler i bilen tyder också på att de redan tidigare kommit överens om hur de ska agera och svara om de hamnar i en sådan här situation, sade han.

-Så vad anser du att vi ska göra för att komma vidare? Är det spaning på deras lägenheter och avlyssning av deras mobiltelefoner som gäller? undrade Leila.

-Nej, och det vet du att det inte går, men du är väl liksom jag för trött att tänka helt klart. För sådana saker krävs återigen beslut från högre instans, annars är det fullständigt olagligt. Visst skulle det förmodligen vara det effektivaste sättet att bringa klarhet i deras förehavanden, men det är som sagt uteslutet. Jag tror vi får inrikta oss på att avvakta kriminalteknikernas utredning och hoppas att de kan hjälpa utredningen framåt, svarade Jesper medan han parkerade utanför polisstationen.

-Ja, det är väl det enda som gäller. På samma gång blir man så fruktansvärt frustrerad av att vi inte får sätta åt dem rejält, för det syntes på långt håll att de inte var några korgossar precis. Det var visserligen inga grövre brott de fälts för tidigare, men det betyder ju inte att de är vita som snö för det, spekulerade hon och öppnade sin bildörr.

-Detta är den svenska modellen. Förmodligen skrivs de ut någon gång under veckan och sedan kan de fortsätta med det de gjorde tidigare, vad det nu var. Jag är inte förvånad om de genom sina advokater lyckas stämma skiten ur någon som kan anses skyldig till att de hamnade på sjukhuset några dagar, fortsatte han och höll upp dörren till stationen åt henne.

-Antagligen har du rätt, antingen råkar biltillverkaren illa ut för att gastankarna exploderat, eller så har de blivit kränkta av vårdpersonalen som tagit hand om dem. Allt med ett fett skadestånd som följd. Ska vi börja skriva någon rapport om dagen, eller tar vi det vid nästa pass? undrade hon.

-Vi gör det imorgon, även om det egentligen ska ske nu. Det får bli ledigt för dagen, för klockan är inte långt från tolv. Du får ha en trevlig söndags eftermiddag, försök att koppla bort jobbet bara, sade Jesper och lade ifrån sig bilnycklarna.

-Detsamma, sade Leila och började gå ut mot sin cykel. Innan hon trampade iväg, skickade hon ett sms till Petter där hon skrev att hon var på väg hem.

Framför sig såg hon en utsökt middag med rött vin och levande ljus.

- - - - -

Kapitel 20

Ebba tyckte att allt bara snurrade i huvudet efter att de varit hos hennes föräldrar. Henrik hade genast sagt att han kände igen de som bodde i huset, så han hade ringt upp dem. Det visade sig att de snabbt ville bli av med villan, då de snarast skulle flytta till sin bostad i Portugal, för att bo där permanent. När de fick höra att ett par ungdomar var intresserade, blev de överförtjusta och sade att de kunde tänka sig att strunta i om någon bjöd mer, för de var måna om att de som tog över skulle orka med att sköta trädgården.

-Nu vill det till att du börjar intressera dig för grönsaker när vi får en massa trädgårdsland att ta hand om, sade Ebba till sin pojkvän.

-Jag hörde det och jag är inte helt emot allt sådant, som kanske du tror. Till en hundrafemtio grams hamburgare fungerar det fint med en liten tomat och ett salladsblad, det vet du att jag tycker. Innan du återigen rusar iväg med dina tankar, får du inte glömma att vi måste få klartecken från banken med, svarade Ludvig och körde söderut vid påfarten till E 4:an.

-Ja, men det är nog bara en formalitet. Möjligt att jag måste börja jobba på förskolan där jag praktiserat över sommaren, för att vi ska få det där lånelöftet. På nätet här står att det krävs intyg om att man har eller är erbjuden en tillsvidaretjänst, förklarade hon.

-Ska vi käka direkt på Ikea när vi kommer dit? för jag börjar bli hungrig, sade Scotten.

-Det kan vara läge för det,

för vi är där först runt halvett. Sedan kan Scotten och jag sticka därifrån till några kvalitetsbutiker istället, så hämtar vi er tjejer om ett par timmar, föreslog Ludvig.

-Ja, det kan nog räcka med den tiden. I normala fall kunde vi gått där en hel vecka, men just nu orkar jag inte med det, sade Lisa och klappade sig på magen.

- - - - -

Leila förväntade sig att hon skulle mötas av doften från god mat när hon klev in i lägenheten, men istället luktade det från de nyligen tända stearinljusen.

-Så fint du har dukat, när är det färdigt? frågade hon.

-Det dröjer nog nästan en timme innan maten är klar, men jag tänkte att vi kunde börja med lite varm tomatsoppa och krutonger, svarade Petter.

-Låter otroligt gott, jag ska bara byta om så kan jag komma och hjälpa till. Dina kollegor har ansatt oss ganska hårt idag, men tyvärr har de knappt fått veta någonting. Jag förmodar att du sett om händelserna i Brandkärr, fortsatte hon.

-Jo, jag har kikat en del på det. De verkar haft en himla tur som överlevt smällen. Otäckt när en bil bara kan explodera så där helt utan anledning. Visserligen var det visst en gammal Volvo som gick på gas, men ändå, fortsatte Petter.

-Ja, visst är det skumt. Sedan är ju alla undersökningar i inledningsskedet, så allt klarnar kanske vartefter. Jag tror vi tar soppan nu, för den är illhet, föreslog hon och hällde upp den i varsin skål.

-Du är väl helt färdig efter att ha jobbat halva natten och i förmiddags, men kan du ändå tänka dig att gå en sväng efter kaffet? frågade han när all mat var uppäten.

-Som du säger är jag helt slut och vill nog hellre mysa lite inne. Tyvärr blir det problem om jag somnar i eftermiddag, för då kommer jag säkert ligga vaken i natt. Helst vill jag faktiskt titta på en bra film, för det känns som det är lagom ansträngande, svarade Leila.

-Då går vi på det. Jag brygger extra starkt kaffe, så är det lättare för dig att inte somna. Du kan välja en film så länge, så dukar jag bort under tiden, sade han.

-Det låter som en bra idé! Fasen vet om vi inte skulle ha popcorn till, för det känns lite som att vi blev snuvade på myset igår kväll när jag fick arbeta, sade Leila.

-Då fixar jag en stor skål, det brukar gå rätt så fort. Vill du ha något att dricka till? undrade Petter.

-Som det känns nu, räcker det med kaffe. Märks väl efter en stund om man vill ha något annat. Jag vet redan vilken film jag vill ha, för den verkar spännande och har verklighetsbakgrund, ropade Leila från TV-rummet.

-Bra, jag kommer om en stund, svarade Petter medan han fyllde diskmaskinen.

-Jag hjälper dig i köket, för annars sitter jag bara och slöar till, sade hon och gick ut till honom.

-Härligt, du får gärna poppa popcornen då, för det vet jag att du är bättre på än jag, svarade han.

-Inga problem, det kan jag fixa, svarade Leila.

Trots alla försök att hålla sig vaken, somnade hon halvvägs in i filmen.

- - - - -

Ludvig var inte riktigt nöjd med sina inköp. Antingen hade det han sökt varit slutsålt, eller så var det dyrare än han sett att det skulle varit på internet. Efter att ha släppt av Ebba i Norrköping, bad han Scotten köra sista biten, för han ville i lugn och ro gå igenom hur de skulle gå vidare med det eventuella husköpet. På samma gång som han fått för sig att det var ett tillfälle som kanske inte kom igen, ville han ta reda på så mycket som möjligt innan de skrev på något. Helt klart var det ju den absolut största affären de skulle göra under sin livstid, så därför var det jäkligt viktigt att allt blev rätt och att de trivdes där.

-Vad tror du om biverkningar från gårdagskvällen, är det inget att oroa sig för? frågade Scotten viskande när Lisa somnat i baksätet.

-Det är klart att riktigt säkra känns det aldrig att vi kan vara i fortsättningen, så länge de andas. Jag måste fundera ut något snarast, det är bara det att det blivit så mycket på en gång nu. Dels släpar en del jobb på TV-firman, sedan kom nu huset i vägen. Men det går inte att komma ifrån att det här är viktigare än de andra bitarna, för kommer de åt att hämnas, så är allt annat oväsentligt, spekulerade Ludvig.

-Du får säga till så fort du kommit på något, för det är nog som du antyder inget som löser sig ändå, sade Scotten.

-Jag försöker tänka ut något tills imorgon. Dig ger de sig nog inte på, utan det är förmodligen bara mig de är ute efter. Det känns i alla fall bättre nu när inte Ebba är hemma, så de inte ger sig på henne. Jag hör av mig imorgon, sade Ludvig samtidigt som Scotten parkerade utanför deras hem.

-Gör så, kör hem och tänk ut något, sade Scotten innan han plockade ur varorna som Lisa köpt.

-Ja, men det blir förmodligen inte förrän du slutat jobba som du får veta något, sade Ludvig och vinkade till dem.

- - - - -

Efter att ha sovit ifatt ordentligt, steg Leila upp halvsex på måndagsmorgonen. Förväntningarna var höga när hon cyklade till jobbet, för det var inte omöjligt att sökandet efter Albert gett resultat eller att det framkommit mer om sprängningen i Brandkärr.

Morrn, Jesper! Allt väl? ropade hon till sin chef som var lite före henne.

-Godmorgon, jo men det tycker jag. Idag är kriminaltekniker Lisbeth på plats igen, det ser jag fram emot. På något sätt känns det som om alla utredningar går på halvfart när hon är ledig, svarade Jesper.

-Jag håller med dig. Nu får vi bara hoppas att det inte sker en massa nya brott den närmaste tiden, utan att hon hinner fördjupa sig i det som hänt den gångna veckan, sade hon.

-Helt korrekt, det är bara att hålla tummarna. Så fort vi kommit in, kan vi snacka med henne. Det skulle nämligen inte förvåna mig om Lisbeth varit här ett par timmar redan och då vet hon en hel del, föreslog Jesper.

-Det kan vi göra. Jag ska bara ställa in mitt smörgåspaket och matlådan i kylskåpet först. Det var underbart att få lägga sig tidigt igår och sova riktigt länge, jag förmodar att du gjorde likadant, antog hon.

-Ja, lite tidigare än vanligt blev det ju, men inte så extremt. Däremot sov jag nog riktigt tungt, för annars brukar jag vakna innan väckarklockan ringer, men det gjorde jag inte i morse, svarade Jesper.

-Hej! Jag var här lite tidigare idag,

för jag ville kolla vad som hänt när jag hade semester, sade Lisbeth när de klev in på hennes kontor där dörren stod öppen.

-Hej, vad solbränd du blivit! Det måste väl varit skönt att komma till värmen ett tag, sade Leila.

-Jo, det var inte alls dumt. Men nu över till det här, jag har reagerat på ett par utredningar från förra veckan. Det första gäller Pecka Lindström, sade Lisbeth.

-Ja, som du ser så framkom det att han med all säkerhet råkat ta livet av sig själv, genom att injicera en tom spruta. Obduktionen visade att han dött av luftembolism, svarade Jesper.

-Jag har läst att det var den troliga orsaken. Men då har jag en fråga som jag hoppas att ni kan svara på. Var Pecka världsmästare på att kasta pil, eller dart som det egentligen heter? frågade kriminalteknikern.

-Nej, det är inget som jag vet har framkommit. Varför tror du det? undrade Leila osäkert.

-Av den enkla anledningen att det inte finns någon anteckning om att det hittats någon spruta vid hans kropp. På bilderna från platsen finns det heller ingen. Däremot sjutton meter därifrån i en papperskorg, låg det en tom spruta som hittades av hundförare Olsson. Öppningen där man kastar skräp är cirka en kvadratdecimeter. Har han lyckats skjuta in en laddning luft och sedan kastat iväg sprutan rakt i hålet, så måste han väl varit väldigt duktig på dart, det är min slutsats, sade Lisbeth och tittade allvarligt på dem.

-Med andra ord så tyder allt på att någon annan skickat in en rejäl luftbubbla i honom och då är det givetvis ett mord som har begåtts! stammade Jesper fram samtidigt som han satte sig på en stol.

-Men hur fasen kunde vi missa det? Visserligen har väl den vikarierande teknikern ett stort ansvar också, men vi borde tänkt på att leta efter sprutan, det är ju en självklarhet, tillade Leila och lutade sig mot en dörrkarm.

-Det är ett steg framåt att vi kan utesluta självmord, för det kan vi säkert vara överens om att det inte är. Sedan när vi kommer till biten om vem som utfört gärningen, så har förstås alla spår hunnit försvinna vid det här laget. Hade jag fått kontrollera fingeravtryck och DNA-spår på sprutan direkt, kunde jag nog sett vem som hållit i den senast. Jag försökte finna något på kanylen nyss, men det var lönlöst, sade Lisbeth.

-Jag kommer aldrig glömma att jag var så klantig, för sådant här får jag inte missa! Tänk om jag istället drivit på till hundra procent, då kunde vi tagit mördaren med en gång, muttrade Jesper.

-Ni får helt enkelt dra igång en mordutredning nu för att se om det leder någon vart. Det här var det ena jag har funderat över, sedan kommer vi till en annan sak, hann Lisbeth säga innan Jesper hejdade henne.

-Vänta, jag fick precis ett brådskande larm i min hörlur! Albert Jacobsson har iakttagits i en kolonistuga på vägen mot Bergshammar. Nu ska han gripas! vrålade Jesper och drog med sig Leila därifrån.

-Det måste vara vid Ekebydals koloniområde, förmodar jag. En släkting till Petter har en stuga där. Hur många är vi som åker? frågade Leila och rusade med.

-Alla enheter, för nu ska Albert inte ha en chans att fly! Hämta vår utrustning på kontoret, så kör jag fram bilen under tiden! ropade Jesper extatiskt.

-Nu får ni säga vad ni vill, men jag ska med och gripa honom! sade Linn bestämt när de kom till korridoren.

-Du kan få följa med, men jag vill inte se att du skjuter honom utom i ett nödläge. Jag vet vad du anser om Jacobsson, men det är bättre att han sätts in på livstid, sade Jesper och rev åt sig bilnyckeln.

-Har du hört något mer i hörsnäckan om exakt var på området han befinner sig? frågade Leila när de satt sig i bilen.

-Det kom in en anmälan från en person som sett att en dörr var uppbruten på en stuga. När han gick närmare kände han igen individen från bilden vi lagt ut på nätet. Han påstår att han är helt säker på att det är Albert som befinner sig där, förklarade deras chef.

-Vet vi säkert om han är kvar där efter att han blivit igenkänd? Jag menar, på en kvart hinner han sticka en bra bit, sade Linn från baksätet.

-Enligt uppgift så har Albert helt lugnt gått in i stugan och är troligtvis kvar där. Det finns visserligen en liten köksutgång, men vad ögonvitnet kunnat se, så har ingen gått ut där, fortsatte Jesper.

-Jösses, där kommer en patrull från Norrköping med, då inser man att det är ett rejält pådrag, sade Leila.

-Det måste ha varit ett par som patrullerat E 4:an och varit i närheten, men det är ju bara bra. Med så mycket folk kan vi absolut inte missa honom, sade Linn.

-Nu har vi högst ett par kilometer kvar, se till så all utrustning är klar, befallde Jesper.

-Jag har kollat vapnen, och det är fulla

magasin i dem. Det verkar som två patruller är beredda att gå in från norra sidan, ser jag. Fortsätt fram lite, så ska det gå in en väg till höger. Kör du in på den, så kan vi gripa Albert om han försöker smita ut åt det hållet, föreslog Leila.

-Bra idé! Nu ser jag vägen, håll i er för det kommer bli en hård inbromsning, sade Jesper.

-Det är två polisbilar efter oss som följer med in här, så du kan köra fram några hundra meter till, så vi sprider ut oss, upplyste Linn om efter att ha tittat bakåt.

-Som sagt, nu ska det mycket till om inte Jacobssons tid i frihet snart är slut, sade Jesper precis innan ett anrop kom över polisradion.

"Detta är polischef Stig Svensson som talar. Operationen avbryts omedelbart! Den efterspanade Albert Jacobsson har klivit in på Nyköpings polisstation och överlämnat sig. Alla enheter skall genast återgå för genomgång!"

-Det var som tusan att han gav upp så lätt. På något sätt känns det lite snopet att vi inte fick jaga honom ett tag innan han greps, utbrast Leila och myste.

-Ja, det kan jag hålla med om, men det viktigaste är ändå att han gripits, sade Linn och pustade ut i baksätet.

- - - - -

Kapitel 21

-Man kan tro att du har myror i röven, som du snurrat runt i sängen inatt. Jag vet inte hur många gånger jag väckts av det, sade Lisa när Scotten satte sig på sängkanten.

-Jaså, har det varit så pass? Jag vet att det är mycket som snurrar i huvudet nu, så det kan nog ha sin förklaring i det, sade Scotten och gäspade.

-Jag går upp nu och gör mig iordning medan du tar en sväng med Henrik. Visserligen börjar jag inte än på ett tag, men somnar jag nu så lär jag inte vakna före lunch, sade hon och suckade.

-Du får försöka att se något positivt i allt. Tänk att det snart är helg igen och då kan du få sova ut, sade han och garvade.

-För det första så är det bara måndagsmorgon och för det andra så jobbar jag på lördag. Det är med andra ord inte speciellt mycket att se fram emot. Om jag istället tänker tillbaka lite, så vet vi nu att jag är bättre på bowling än du. Jag kan tänka mig att spela fler gånger, för det var roligt, sade hon och skrattade.

-Nu hörde jag inte riktigt vad du sade, men hur som helst går jag ut med Henrik, svarade Scotten och tog på sig ett par kängor.

När han kom ut i trapphuset stannade han för att lyssna ett tag. Av någon anledning hade sensorlampan som tänds vid rörelse, lyst redan när han öppnat dörren. Vad detta berodde på visste han inte, för han hade inte hört någon gå i portdörren.

Efter en halvminut fortsatte Scotten sakta ner, utan att få någon rimlig förklaring.

Vid dörren ut mot trottoaren fick han äntligen ett svar på sina funderingar. Entrèmattan hade hamnat i kläm så att dörren inte stängts ordentligt, vilket medfört att han inte hört att någon gått ut tidigare.

- - - - -

-Det var ett jäkla brusande i radion, prova att göra ett anrop till expeditionen, sade Jesper när han vänt och börjat åka tillbaka mot stan igen.

-Det fungerar inte, faktum är att det låter som om någon håller anropsknappen intryckt av misstag, svarade Leila.

-Det är väl ett tydligt bevis på att det inte är bra att poliser som närmar sig pensionsåldern, kommer allt längre från verkligheten, sade Jesper.

-Hur menar du då? frågade Linn.

-Jo, har de haft inre tjänst en längre tid för att de inte orkar vara ute på fältet, så klarar de efter ett tag bara av att vända papper och räkna gem. En sådan banal sak som att avsluta ett radioanrop korrekt genom att släppa knappen, är för länge sedan borta ur deras minnen, förklarade Jesper och skrattade.

-Men då måste väl någon visa honom hur man gör. Jag kan ordna det när vi kommer tillbaka, sade Leila.

-I så fall föreslår jag att du lägger en lapp anonymt i hans inkorg, för annars riskerar du att bli degraderad, fortsatte han.

-Vem ska förhöra Albert när vi kommer tillbaka? Jag vill oavsett vem som gör det, gärna vara med i rummet bredvid och lyssna, sade Linn.

-Jag anser att Leila och jag ska hålla det, precis

som sist. Den här gången ser vi till att han har handfängsel på sig hela tiden för som vi tidigare sett, så är han en mästare på att komma loss. Att du lyssnar på förhöret möter väl egentligen inget hinder, det kan till och med vara en fördel. Jag vill att du gör egna anteckningar på vad du tycker är anmärkningsvärt, sade Jesper.

-Det gör jag gärna. Skönt att du säger att han ska ha handbojor på sig och att jag slipper vistas i samma rum som aset. Hur tror du det blir vid rättegången, måste jag sitta och se honom i ögonen då? undrade Linn oroligt.

-Visst är det praxis att man är i rättsalen samtidigt, men det finns undantag. I det här fallet anser jag att dina skäl för att det ska gå att lösa på något annat sätt är solklara. Vi drar igång direkt efter fikarasten med ett inledande förhör, där vi delger Jacobsson vad han misstänks för. Märkligt nog är det inte brottsligt att fly under en fångtransport, men vi har ju en hel del på honom sedan tidigare som vi får lägga tyngdpunkten på, förklarade deras chef.

-Menar du att det är tillåtet att fly? Ibland blir man ju mörkrädd för hur rättssystemet är upplagt, utbrast Leila.

-Så är det. Går det fortfarande inte att komma fram på kommunikationsradion? Det är ju otroligt hur sårbara våra interna kontakter är! Bara för att en klotjohan till chef inte kan ta bort sin feta tumme från knappen, så lamslås våra förbindelser, sade Jesper ilsket.

-Jag kan försöka igen, men jag tror inte det är lönt. Samma brus hörs som tidigare, sade Leila medan hon gjorde ett misslyckat anrop.

-Visst är det som du säger. Det kan

mycket väl bli att vi inte klarar av våra uppgifter på grund av sådant här. Tänk er att det sker något stort just nu och vi inte får vetskap om det, sade Linn.

-Vi har ju alla varsin tjänstetelefon på oss, så den vägen kan vi alltid nås på. Ett tag tänkte jag att vi skulle ringa upp polischefen och tala om för honom vilket nöt han är, men då kan man väl ge sig fan på att han inte klarar av att trycka på röd lur när samtalet ska avslutas, sade Jesper och skrattade.

-Nu är vi i alla fall tillbaka på stationen igen, så efter fikat går jag till Svensson och förklarar att hans anrop inte är avslutat. Det ska bli gott med smörgåsar nu, för jag har hunnit bli jättehungrig, sade Leila.

-Så passande, Lisbeth sitter i fikarummet redan. Då ska jag passa på att höra med henne vad det ytterligare var hon tänkte säga förut, sade Jesper medan han tryckte fram en mugg rykande hett kaffe.

- - - - -

-Redan under söndagskvällen hade Ludvig jämfört bankernas utlåningsräntor och sett att det fanns en del skillnader. De två som hade lägst, tänkte han kontakta så fort de öppnade, för att se om någon av dem kunde gå ner något mer. Ett så kallat lånelöfte hade han via nätet redan fått hos båda, under förutsättning att Ebba kunde komma in med ett intyg om att hon erbjöds fast anställning snarast.

Trots mängder av uppslag i hjärnan om hur han slutligen skulle kunna bli av med rånarna för alltid, hade han ännu inte den ultimata lösningen klar för sig. Kravet var som alltid att han under inga omständigheter riskerade att åka fast själv och det var där det brast.

Hela tiden när han skulle utvärdera sina funderingar, så avbröts han. Dels var det folk som ringde, men även en del som klev in till honom på TV-firman för att de ville ha hjälp med något, helst omgående.

Lite före tio satte han på kaffebryggaren och under tiden den puttrade, kom brevbäraren in med posten.

Flera av breven var från de som vanligtvis skickade, men så fanns det ett som han först inte visste vem det kom ifrån.

Vid närmare koll såg han att den största importören av solceller skrivit och önskade ha Ludvig som säljare och montör i distriktet. Allt var tänkt att smygas igång, så till en början kunde han ha kvar verksamheten inom TV-firman. Hur det blev framöver berodde på efterfrågan, men som det verkade fanns det säkert fullt upp att göra ganska snart.

Ludvig tyckte erbjudandet var högst intressant och tänkte läsa igenom allt noga lite senare, när han fick vara ifred. När kaffet runnit ner, fyllde han en mugg och bestämde ett möte med banken som sänkt räntan ytterligare. Klockan fjorton på fredag blev det sagt, vilket borde passa utmärkt, för Ebba skulle komma till Nyköping redan under torsdagskvällen. På köpet hade de blivit erbjudna att i lugn och ro titta en extra gång på villan under förmiddagen samma dag. Även Henrik som tidigare jobbat som besiktningsman, hade slagit sig loss ett par timmar då och lovat göra en grundlig undersökning av fastigheten.

När allt var ordnat, skickade han ett sms till Ebba så hon fick veta hur allt var upplagt.

Till svar skickade Ebba bara en

tummen upp, som tecken på att hon tyckte allt var toppen.

- - - - -

-Typiskt, jag ser att Lisbeth precis är på väg härifrån. Då får vi dela på oss efter fikat. Du går på mötet med polischefen, så sticker jag iväg till kriminalteknikern och hör vad hon har att tillföra, berättade Jesper.

-Okej, det låter som en bra idè. Jag får väl se vad han är på för humör innan jag tar upp något om att han hållit anropsknappen intryckt hela tiden. Verkar han urförbannad är det kanske bäst att ta upp det vid ett senare tillfälle, svarade Leila.

-Då kan jag fixa tillbaka utrustningen och bilnyckeln under tiden, så kommer ni väl till kontoret sedan, föreslog Linn.

-Ja och då är det alltså ganska omgående dags för ett inledande förhör av Jacobsson. Tänk att vi fick tag på typen till slut, fortsatte deras chef säga med ett brett leende.

-Visst är det härligt sådana här stunder, när det känns att vi gör rätt för vår lön. Visserligen anmälde han sig självmant till slut, men det är ändå ett steg åt rätt håll, förklarade Linn.

-Brottsstatistiken får genast en knuff på flera områden med. Dels beroende på gripandet av Albert, men även när det gäller drogförsäljning och annan kriminell verksamhet. Med stor sannolikhet var nog Albert hjärnan bakom mycket elände här den senaste tiden, antog Leila innan hon började bita i sista limpsmörgåsen.

-Jag drar iväg till Lisbeth nu, så syns vi om en stund, förklarade Jesper och reste sig.

På väg bort genom korridoren kände han en lättnad över gripandet nyligen, men det var ändå något som gnagde inom honom. Vad det berodde på hade han ingen aning om, men det var ju möjligt att det klarnade så småningom, tänkte Jesper och klev in på Lisbeths kontor.

-Jo, det var den här jag hade lite funderingar på också, sade Lisbeth och höll fram polisjackan som från början varit Peters.

-Jaha, den där ja. Den snodde Albert Jacobsson med sig när han flydde från parkeringsgaraget. Tydligen kom han väl på att det inte var en helt lysande idè, för med den på sig var det ganska lätt att bli igenkänd. Därmed lämnade han över den till fjärt-Ove så att han skulle slippa frysa, förklarade Jesper lättat.

-Det är ju möjligt att jag gjort en felaktig analys, men när jag hörde att Albert gått in här på stationen häromdagen för att göra upp med Linn, blev jag misstänksam. Jag tror nämligen inte att det var ren tur för Albert att bara Linn fanns kvar här, för jag vill ha det till att han visste det mycket väl, sade Lisbeth.

-Menar du att Jacobsson stått utanför här och lurpassat på oss och sett oss åka iväg? Jag tror inte att det är möjligt, för dels så var ett par patruller redan ute och åkte, dessutom stod det två bilar kvar på innergården. Istället anser jag att Albert bara hade en jäkla tur att han inte möttes av fler poliser här inne, hävdade Jesper.

-Jag hör vad du säger, men ta och titta lite extra på jackan. Själv märkte jag en sak omgående som kan ha haft ganska stor betydelse, förklarade kriminalteknikern och räckte över jackan.

-Ja, är det något jag reagerar på, så är det att kommunikationsradion saknas, sade Jesper med en förfärad blick.

-Jag tror du inser nu hur han visste att Linn var ensam här, om nu inte fjärt-Ove lagt beslag på den. Givetvis har Albert avlyssnat all radiotrafik, sade Lisbeth.

-Tusan! Vi måste genast ha tag på Gert-Ove och fråga hur det ligger till med den saken. Var det något mer? frågade Jesper.

-Nej, inte just nu. Jag återkommer om det är något mer jag reagerar på, svarade kriminalteknikern.

- - - - -

Under fikarasten fick alla anställda reda på att Allsvets AB fått en stor order som tryggade deras anställningar för åtminstone ett par år framåt. I sin glädje över detta hade bossen beställt ett par tårtor för att fira beskedet.

-För att hinna med allt, blir vi tvungna att anställa ett par till. Innan de kan börja, kommer jag öppna upp för att det går bra att jobba övertid. Detta gäller både på kvällar och lördagar, givetvis med bra ersättning, sade bossen.

-Kan det bli krav på att vi måste jobba övertid med, även om vi inte vill? frågade en anställd.

-Det beror på, är det ingen som vill göra det så krävs det att jobbet utförs ändå. Med andra ord så har jag som arbetsgivare rätt att beordra er till det. I slutändan tror jag säkert att de flesta kommer bidra så mycket de kan, så därför blir det nog inte aktuellt. Vår uppdragsgivare betalar bra, men kräver i gengäld att varorna vi levererar håller hög klass. De som jobbar extra får femtio procent extra betalt på övertidstimmarna, förklarade bossen vidare.

Glad över beskedet, skickade Scotten ett textmeddelande till Lisa. Han visste att hon inte skulle se det före sin luchrast, men kände i alla fall att han ville delge henne den glada nyheten.

Om han fått ett extra energitillskott av tårtbiten eller vad det berodde på var oklart, men allt kändes mycket lättare med en gång. Det hade bara gått ett litet tag sedan bossen hotat om uppsägningar, så det här var verkligen välkommet.

Scotten gladde sig åt att problem som uppstått, ibland helt enkelt bara löste sig av sig självt. Med sina tankar inslagna på den positiva vägen, fortsatte hans hjärna att fokusera på att Lisa och han snart skulle bli föräldrar! Det var nu bara drygt två månader tills de skulle få tillökning. Vad barnets namn skulle bli hade de ännu inte kommit överens om, men Scotten tyckte inte att det var av så väldigt stor betydelse. Det viktigaste var att allt gick bra och att de fick leva lyckliga i sin lilla familj.

- - - - -

Kapitel 22

Chockad över beskedet han fått av Lisbeth, gick Jesper omtumlad tillbaka till kontoret.

-Samtalet med polischefen är nog det värsta jag varit med om! Jag tror det är bäst att ni sitter ner när jag berättar, sade Leila.

-Jag är övertygad om att det du ska berätta, inte till närmelsevis är lika katastrofalt som det jag ska säga. Därför får ni lyssna på mig först och vi tar det givetvis innan förhöret med Jacobsson, sade Jesper.

Lisbeth talade just om för mig att Albert med stor sannolikhet lyssnat på kommunikationsradion när vi åkte härifrån och visste därmed att du Linn, var kvar ensam på stationen. Hade du inte varit så pass vid dina sinnen som du var och avlossat elpistolen, vågar jag inte tänka på hur det kunde gått, förklarade deras chef.

-Då kan jag upplysa om att vi inte har någon att förhöra. Polischefen stod som ett frågetecken när jag berättade om att Albert tydligen angett sig själv, genom att komma till oss här på polisstationen. Han sade vidare att han inte hållit i någon komradio sedan han fick inre tjänst för åtta år sedan. Med andra ord så har förmodligen Albert grundlurat oss! När vi närmade oss kolonistugan, utgav han sig för att vara polischef på komradion han snott av Peter och blåste av operationen, förklarade Leila och suckade tungt.

-Jag tror inte det är sant! Albert kan nog räkna med att få pris för sina bedrifter en vacker dag. Vi ska nog däremot vara glada om vi får behålla våra tjänster om det här kommer ut. Jag kräver att du sätter munkavel på din murvel, förlåt journalist till sambo! fortsatte deras chef.

-Det behöver du inte påpeka ens. Däremot befarar jag att Jacobsson själv kommer sprida ut det här, svarade Leila.

-På det här sättet löser vi inget, jag tycker vi går igenom aktuella ärenden så att vi kan gå vidare sedan, föreslog Linn.

-Helt rätt tänkt, det är bra att du säger, för det går inte att backa tiden och göra något annorlunda. Om vi börjar med mordet på Pecka Lindström förra måndagen, så kan jag i efterhand berätta att jag mötte Scotten nära platsen där Pecka påträffades. Han kom från parken med sin blodhund och vi småpratade lite. Mina efterforskningar i tidigare fall, visade att Scotten själv blivit utsatt för en knivattack av Pecka. På något sätt lyckades Scotten avvärja den, men följden blev att Peckas flickvän stacks till döds istället. Möjligt att Scotten sett sin chans här att likvidera en gammal ovän, men det är bara en ren gissning. Hade jag vetat från början att det inte rörde sig om ett självmord, skulle jag givetvis gått till botten med misstankarna och tagit in Scotten på förhör. Nu är det alldeles för sent och några spår är omöjliga att finna. Det är med andra ord bara indicier jag har att komma med och det är inget som håller i en rättegång.

-Man får väl inte säga riktigt som jag gör nu, men för samhället var det absolut ingen förlust att Pecka försvann från jordens yta, oavsett vem som fixade det, mumlade Linn tyst.

-Nej, exakt! Våra tankar om att Pecka inte finns mer, får vi behålla för oss själva.

Går vi vidare med sprängningen i Brandkärr, så anser jag det svårt att bevisa om det var en olyckshändelse eller ett attentat. Teknikerna har helt enkelt inga spår efter varken det ena eller det andra, för allt är bortsprängt och uppbrunnet. Att det inte var korgossar som satt i bilen, talar för att det var en uppgörelse av något slag, men det är inget vi kan bekräfta. Den utredningen får ligga öppen ett tag till, för det kan ju hända att någon tjallar så småningom, sade Jesper.

-Då har vi alltså kvar Albert Jacobsson som leker med oss. Hur tusan ska vi gå vidare med sökandet efter den djupingen? undrade Leila.

-Vi får förlita oss till spaning på adresser vi vet att han befunnit sig på tidigare. Personen är ju efterlyst och en bild på honom ligger ute på nätet, så förhoppningsvis kommer det fler tips liknande det vi fick från koloniområdet, fortsatte han.

-Du var ju på kontoret lite före oss Linn, är det något mer inrapporterat som vi måste åtgärda? frågade Leila.

-Det enda är att en hyresvärd och tillika fastighetsskötare ringde hit från Bryngelstorp och ville ha hjälp med en avhysning. Personen hade visst inte betalat hyran på ett halvår, så nu vill han ha in någon annan där, svarade Linn.

-Bestämde ni någon tid när vi ska hjälpa till med det? undrade Jesper.

-Han föreslog klockan halvtvå och jag bad att få återkomma om inte tiden passar.

-Bra, då tar vi det direkt efter lunch.

Helst kunde vi ordnat med avhysningen tio över ett, men vi får chansa på att hyresvärden är där lite tidigare, sade Jesper.

-Jag förstår hur du menar, det blir inte något vettigt gjort efter lunchen den där halvtimmen. Vill du att jag kontaktar honom och ändrar tid? undrade Linn.

-Nej, vi låter det vara. Leila och jag åker dit lite tidigare och är hyresvärden inte på plats, kan det ändå vara någon fördel med att visa sig där. Har du adressen på den där lappen? undrade Jesper.

-Ja, det var den här han uppgav, svarade Linn och räckte över anteckningen.

-Då tar vi lunch nu, så ses vi här klockan ett, sade Jesper och reste sig upp för att cykla hem och äta.

- - - - -

-Kan du ordna en sak om du ändå ska cykla hem och rasta hunden vid lunch? frågade bossen.

-Ja, det kan jag säkert. Det enda är väl att det blir lite svårt att hinna tillbaka i tid, svarade Scotten.

-Ta den tid du behöver, det bjuder företaget på. Det har nämligen kört ihop sig lite, för jag glömde bort att jag hade en tandläkartid inbokad samtidigt som jag skulle hämta lite delar till båtmotorn på Vallgatan. När vi slutar idag så har de stängt och jag har redan bokat in svärsonen att montera grejerna imorgon, förklarade bossen vidare.

-Inga problem, står prylarna på ditt namn och måste de betalas direkt? frågade Scotten.

-De står på mig och säg att de får skicka en faktura. Nämn även att jag vill ha pengarna tillbaka om inte delarna passar. Du kan sticka redan nu, så kommer du när du kommer. Du behöver inte jäkta, sade bossen och gick iväg.

Scotten tyckte det var helt okej att cykla när han slapp frysa om huvudet och övriga kroppen med för den delen. Möjligtvis att det kunde behövas lite varmare handskar, tänkte han när han trampade hemåt. Ett slag tänkte Scotten åka direkt till butiken på Vallgatan, men han ångrade sig. Vid närmare eftertanke var det ju ett gyllene tillfälle att ta med Henrik, så han fick lite mer motion genom att springa bredvid cykeln.

Redan tio i tolv var han framme, men möttes då av en lapp där det stod att innehavaren var ute på ett ärende och skulle komma tillbaka snart. Hur lång tid det kunde röra sig om visste inte Scotten, men han beslöt sig för att gå ner till Nyköpingshus en stund.

Solen gjorde ett tappert försök att tränga igenom de tjocka molnen, dock utan att lyckas. Ändå tyckte Scotten att den värmde något mot ansiktet, där han stod i lä för all vass som växt upp vid vattenbrynet.

Det här var första gången som Scotten fascinerats av just vass. Hur det kunde vara så snyggt när vinden liksom fick det att röra sig som vågorna på ett hav. Han hade aldrig någonsin reflekterat över detta tidigare. När han satte sig ner på sina knän, syntes inget av bebyggelsen på andra sidan, så han tog en bild med sin mobilkamera för att minnas stunden bättre.

-Den kan jag titta på när jag behöver se något lugnande, sade Scotten tyst till sig själv.

Några minuter senare, gick han tillbaka och då var butiken öppen igen.

Fast han hunnit varva ner och tagit det lugnt,

var han tillbaka på jobbet precis innan klockan ett, för ytterligare ett arbetspass. När det var slut, hoppades han att Ludvig skulle höra av sig.

- - - - -

-Jaha, då sticker vi till Bryngelstorp då och ordnar med avhysningen, sade Jesper.

-Visst, det gör vi. Sådana här uppdrag är alltid jobbiga tycker jag, för det ligger ju alltid något tragiskt i bakgrunden, påpekade Leila.

-Jag förstår hur du tänker, men på samma gång måste alla göra rätt för sig. Annars skulle hela samhället kollapsa totalt, om folk inte brydde sig om reglerna som finns, svarade Jesper.

-Jag vet att det är så, men faktum är väl att de som har möjlighet att betala sin hyra, gör väl det. Det är ju grymt att en del ska bli bostadslösa bara för att de är fattiga, fortsatte hon.

-I det här landet är allt så väl uppbyggt att de som är innanför ramarna oftast aldrig hamnar i sådana här situationer. Visst kan det röra sig om sjukdom och därmed förlorad inkomst och dem tycker jag verkligen synd om. Däremot de som spelar bort sina tillgångar eller gör vansinnigt dåliga affärer, är jag inte beredd att göda med mina skattepengar, förklarade han.

-I slutänden är det nog risk för att det blir så i alla fall. De Sociala myndigheterna får säkert gå in och betala hyran för dem och de pengarna vet vi ju var de ursprungligen kommer ifrån, svarade Leila medan hon parkerade utanför fastigheten.

-Inte ser jag någon hyresvärd här, men då kan vi väl se om vi får kontakt med

215

hyresgästen ändå, sade Jesper och tog av sig bilbältet.

-Det kan vi alltid göra. Det är möjligt att det går smidigt om han ser att det kommer två poliser istället. Förhoppningsvis inger vi lite mer respekt, berättade Leila och klev ut ur bilen.

-Man kan ju alltid hoppas, svarade Jesper och började leta i sina fickor.

-Saknar du något? frågade hon samtidigt som hon höll upp entrèdörren.

-Jag har bestämt för mig att jag stoppade på mig lappen där adressen stod, men tydligen inte. Vi är på rätt gata och vid rätt husnummer, men vilken våning det var kommer jag inte ihåg. Ser du hans namn på någon tavla härinne? undrade Jesper och såg sig omkring.

-Nej, jag vet att sådana försvinner alltmer, det har säkert med dataskyddslagen att göra. Jag får väl anropa polisstationen så Linn kan tala om för oss var han bor, föreslog Leila.

-Ja, gör gärna det. Jag går upp ett par våningar så länge och kollar läget, svarade Jesper.

-Nu kommer säkert fastighetsägaren, för jag ser en bil här ute med samma logotyp som vid ingången. Linn svarade förresten att det var tredje våningen, berättade Leila.

-Fråga Linn en gång till, jag vill få det helt säkert bekräftat, sade Jesper.

-Jaha, det kan jag väl göra om det är så viktigt, svarade hon och gjorde som hennes chef anbefallt.

-Perfekt, skicka hit fastighetsskötaren nu, sedan kan du gå ut på baksidan och vara skjutklar. Vi får nämligen vara beredda på ett flyktförsök, befallde hennes chef viskande.

-Det är klart jag gör som du säger, svarade Leila förvånat. Hur hennes chef kunde tro att någon frivilligt ville hoppa från tredje våningen var för henne ofattbart, men hon brydde sig inte om att ifrågasätta ordern.

-Se till att öppna den här dörren, viskade Jesper med bestämd blick till fastighetsskötaren. I handen höll han samtidigt sin polisbricka.

-Jaha men, hann han säga innan Jesper pekade med hela sin hand mot dörren på andra våningen.

-Det är en order och jag har mina skäl, berättade Jesper.

-Okej, men det hamnar på ditt ansvar. Vi har regler för när vi får gå in i någons lägenhet, muttrade fastighetsskötaren.

-Det är polisen, släpp eventuellt vapen och lägg dig på golvet! ropade Jesper med full kraft.

Ett par sekunder senare hördes balkongdörren öppnas och Jesper rusade in med draget vapen. Det sista han såg av rymlingen, var en hand som i det längsta höll kvar i räcket.

-Jag har dig på kornet, ge upp! skrek Leila nerifrån.

-Det är ingen idè du försöker klättra tillbaka, för här står jag, förklarade Jesper och gick ut på balkongen.

-Jag ger mig, bara ni hjälper mig härifrån, svarade personen.

-Vårt förtroende för dig är fullständigt förbrukat, så vi skiter fullständigt i om du bryter dina fötter när du inte orkar hålla dig kvar längre, svarade Jesper barskt, dock bara så rymlingen kunde höra det.

-Jag släpper väl taget då, men räkna med ett fett

skadeståndskrav senare, fortsatte mannen innan han föll till marken.

-Vi hävdar att du förmodligen ådrog dig skadan när du snavade på trappan vid kolonistugan, svarade Leila med sin pistol riktad rakt mot honom.

-Jag kommer ner, skjut honom på fläcken om han hostar, sade Jesper och rusade.

-Vad gör vi med avhysningen då? frågade fastighetsägaren.

-Den är uppskjuten ett tag, du ser väl att vi har viktigare saker för oss! sade Jesper undrande i förbifarten.

-Han säger att han stukat fötterna och måste till sjukhuset, upplyste Leila om när Jesper kommit ner till dem.

-Det kan vi se om en stund, ifall fotlederna svullnar ordentligt. Under tiden hinner vi ta med Albert till stationen och hålla ett inledande förhör, svarade hennes chef triumferande.

-Som du säger är det knappast troligt att han skadat sig speciellt illa efter att ha fallit bara några meter. Det är nog i vart fall inget mot smärtorna som vår kollega Peter fick utstå på grund av honom, sade Leila syrligt.

-Exakt rätt bedömning! Upp med dig nu, din slemkopp! Nu ska vi åka till polisstationen, sade Jesper.

-Hur i hela fridens namn kunde du veta att Albert Jacobsson befann sig på andra våningen? Den som skulle avhysas bodde ju på tredje, frågade hon.

-Det var ganska enkelt. Jag hörde nämligen ditt anrop i komradion från lägenheten där Jacobsson befann sig. När fastighetsägaren dyrkat upp dörren, besannades mina misstankar, för på hallbyrån stod nämligen Peters komradio. Precis innan hade jag skruvat ner volymen på min, så det var som sagt inte så svårt att veta att aset fanns där inne, svarade hennes chef stolt.

-Tänk att då blev komradion till slut Albert Jacobssons fall. Det här är nog en historia som tidningen skulle vilja skriva om, sade Leila och skrattade.

-Aldrig i livet, det kommer inte på fråga! Gör de det så idiotförklaras vi för att vi blivit lurade tidigare av Albert och att det nu anses som ren tur att vi fick honom fast, fortsatte Jesper innan de placerade Albert i bilen.

-Okej, det var kanske inte så genomtänkt det jag sade. Du får säga vad du vill, men ska jag sitta med Albert i baksätet, så låser jag fast hans händer i nackstödet med, förklarade Leila.

-Inte mig emot, för mig får du gärna svetsa fast honom i chassit, svarade Jesper innan han satte sig bakom ratten och körde till polisstationen.

- - - - -

När Scotten låst upp sitt cykellås för att åka hem, fick han ett textmeddelande. Det var från Ludvig och han undrade om han hade något speciellt för sig under kvällen.

Jag har inget särskilt inplanerat, har det med lördagskvällen att göra? skrev Scotten tillbaka.

Visst, så är det. Kom hem till mig runt sju så hinner jag fixa kaffe. Du får gärna kolla om Lisa har några muffins som du kan ta med, för hos mig är frysen tom, svarade Ludvig.

Till svar skickade Scotten bara en tummen upp,

innan han stoppade tillbaka mobiltelefonen i sin innerficka.

Att det inte blev förrän nitton hade sina fördelar, för då hann Lisa och han snacka lite om dagen som varit. Dels var det ju den tryggade sysselsättningen på Allsvets AB som borde nämnas men även den fina bilden han tagit, var han angelägen att visa.

Framåt nio på kvällen hade Ludvig gått igenom sin plan med Scotten och för att det inte skulle bli för sent beslutades det att de skulle finslipa detaljerna kommande kväll.

Samtidigt som Scotten klev ut från Ludvigs lägenhet, hände något där ute som ingen av dem var medvetna om.

I en bil som stod parkerad på gatan, glimmade en fin klocka till runt handleden på någon som iakttagit dem..

- - - - -

Efterord

SCOTTEN BARA INDICIER är den andra boken i den här andra trilogin om Oskar "Scotten" Scott.

Det är lite olika hur vi reagerar om vi har blivit utsatta för rån, misshandel eller någon annan kränkande handling.

Vissa kan förlåta övergrepp, trots att det säkert satt spår som aldrig kommer att läkas helt.

Andra anser att handlingen var vedervärdig, men hoppas att den inte ska upprepas och låter därmed allting bero.

Sista gruppen ser till att lösa problemet genom en skoningslös hämnd för att eliminera förövarna. Detta med viss risk för att själv åka fast.

Andelen ouppklarade brott är idag skyhög, med andra ord så möter du ofta en människa som utfört ett riktigt grovt brott, kanske till och med mord.

Vi har fått vänja oss vid att alla är oskyldiga tills motsatsen är bevisad. Detta kan exempelvis innebära att två personer som skyller på varandra, kan gå fria och dessutom få ersättning för tiden som de varit frihetsberövade.

I nästa bok kommer den avslutande berättelsen i den här trilogin om Scotten.

Besök gärna min hemsida;
www.forfattarematsgustafsson.wordpress.com